JN282688

ロザリー
「おお……それがお前の剣精《レイダー》か？」
人形屋のオッサン
グレン
ツバサ

テツワンレイダー 1

大楽絢太

ファンタジア文庫

1604

口絵・本文イラスト　桜沢《さくらざわ》いづみ

目次

登場人物紹介

●グレン・ユーク（16）

昔はそうでもなかったが、ひょんなことから人間不信で引きこもりになってしまった青年。『薄氷』のグレンというあだ名通り、ギリギリ敵の攻撃をかわす技術は異様に高い。

●メグ・ローズハート（15）

グレンと同じ孤児院出身の赤髪の少女。常に明るく、優等生タイプ。見かけによらず頭の回転が驚異的に速く、敵を策にハメる事を得意とする。盤上競技も凄まじく強い。

●オブシディアン（1）

通称ディア。とある儀式の為に地上に降り、グレンと契約をかわすことになった猫耳メイド服を着た剣精（レイダー）。性格は明るく、甘えん坊。

●ライエル・ヒート（20）

『王道』の異名をとる、国内最強の傭兵。その腕は岩を砕き、その剣は城を割るという。かつては裏町一の不良だったが王女にスカウトされ、現在は護衛騎士にまで登りつめた。

●ミザリィ・ログレス（18）

ログレス国第三王女の称号をもつ、正真正銘のプリンセス。ライエルの飼い主でもある。おっとりした見かけ、性格に拘わらず、夢は国家転覆。

●ロザリー（？）

何故かグレンに執拗に恨みを抱く、絶世の銀髪美女。ロザリー曰く、「グレンを倒さない限り、前に進めない」

●ツバサ・イガラシ（14）

ロザリーに雇われている《かつて影の国から来た一族の末裔》影子。不思議な技を多数使う。ロザリーを敬愛し、時にその行き過ぎた愛が暴走を生むこともある。

●ザザン・ビーク（20）

傭兵騎士団にライエルと同期で入団したメガネ青年。神童と呼ばれ、幼い頃から超エリートの階段を上っていたが、傭兵騎士団ではライエルの陰に隠れ目立てずにいる。

プロローグ――A

【問題一】

『傭兵《ようへい》の国』ログレスという国に、何の変哲《へんてつ》もない、一人の青年がおりました。
しかしその青年の人生は、とある事件をきっかけに、普通《ふつう》ではなくなってしまいます。
さて、それではその青年の人生を変えた出来事は、次のうち、どれでしょう？

A・憧《あこが》れだった女の子に、突然《とつぜん》告白された。
B・親友と星空の下一晩中語り合い、自分の夢を見つけた。
C・自分がとある貴族の子孫であることが発覚して、莫大《ばくだい》な遺産が手に入ってしまった。

『答え』……C。これをきっかけに、青年は一瞬《いっしゅん》で国内有数の超富豪《ちょうふごう》に成り上がる。

【問題二】

しかしそんな超富豪に成り上がった青年を待ち受けていたのは、予想もつかない出来事でした。青年を襲《おそ》った出来事とは、次のうち、どれ？


A・それまで自分を空気の様に扱《あつか》ってたクラスの女共が、突然色目を使い、迫《せま》ってきた。

B・突然、頻繁《ひんぱん》に友達が家に来る様になり。その度《たび》、少しずつ、小銭《こぜに》がなくなっていた。

C・遺産狙《ねら》いの養父母が雇《やと》った暗殺者に、夜道で殺されかけた。


『答え』……A～Cの出来事、ぜんぶ。

これらの出来事を経験した青年は、心を閉《と》ざし。完全に引きこもりになってしまう。


【問題三】

そんな不幸な青年──【グレン・ユーク】は。これからとある事件に巻き込まれます。

そこで彼は、今度は、何を学ぶでしょう？

それは──

プロローグ――B

その部屋には、全部で、八つの人影《ひとかげ》が集まっていた。

わらを刺《さ》し固め、イグサで編んだ表を付けた、畳《たたみ》と呼ばれるマットの上に。

ひどく四脚《よんきゃく》の低い、ちゃぶ台と呼ばれるテーブルくらいしか置かれていない、質素――というより貧乏臭《びんぼうくさ》い部屋。

一つだけある窓からは、見るものをどこか物悲しい気持ちにさせるような、赤い夕陽《ゆうひ》が差し込んでいる。

「さぁて、お前ら……準備は出来てるんだろうな？」

ちゃぶ台の周りに座《すわ》っていた、イガグリ頭の子供の様な青年が、嬉々《きき》とした声で周囲に確認《かくにん》した。

「もちろんさ」

「今回のは、面白《おもしろ》くなる自信あるぜ？」

「ま、もうこれで八作目だからなぁ……」

「本音いえば、もうちょいバランス調整したかったけどな」

「そんなことといってたら、始めるまでに二、三〇〇〇年かかるって」

最後の、苦笑《くしよう》まじりに呟《つぶや》いた女の一言に、残りの七人はどっと笑った。

「じゃ、やってみるか……」

「楽しませてくれよ。俺達の可愛《かわい》い子供達――」

「試合開始だ」

最初に喋《しゃべ》っていた、イガグリ頭の青年が宣言する。

この時、この八人は、まだ気づいていない。

八作目の世界は、今までの七回と、一味違《ちが》うことを。

八作目の世界が、自分達に、牙《きば》を剝《む》くということを。

シナリオⅠ・引きこもりの青年

くだらない。
誰《だれ》も理解していない。
でも俺は——俺だけは、理解している。
俺はそう確信していた。
なにを理解しているのか？
それは、人間とは、そしてこの世界とは。
一皮剝《む》けば、悪鬼《あっき》の如《ごと》き、醜《みにく》い存在だ——ということを、だ。
世の中の馬鹿《ばか》どもは、なんとなく、思ってないだろうか？
人間とは、本質的には善人である、と。
友情とか、愛とか、そういう幻想《げんそう》じみたものが、この世界に実在している、と。
甘《あま》い。そんな思考は——まるかじりした砂糖より——甘い。

人間の本質とは、自分の欲望《よくぼう》を満たす為《ため》なら、他人を傷つけることに躊躇《ちゅうちょ》しない、悪鬼であり。

この世界は、そういう悪鬼になれない人間——俺のような——には、徹底的《てっていてき》に厳しく、出来ているのだ。

だから、それらの事情を鑑《かんが》みた場合。

俺が、今日も、自室から一歩も外に出られないのは。

本当に、どうしようもなく、仕方がないことなのである。

「……ふう。いい天気だな」

ベッドと本棚《ほんだな》を置いたら、もう何も置けなくなるような、恐《おそ》ろしく手狭《てぜま》な、牢獄《ろうごく》の様な灰レンガ部屋の中で。

俺は窮屈《きゅうくつ》に膝《ひざ》を抱《かか》え、本を読みながら、今日も今日とて、自室に引きこもっていた。

この部屋だけは、俺の世界であり。

この部屋にいる限り、俺は、あの腐《くさ》った外の世界と、触《ふ》れ合わずに済む。

「……世界で最初に引きこもった奴《やつ》は天才だな……。どうやってこんなラジカルな作戦を思いついたんだ……？」

一日一〇〇度は口にする独り言を呟きながら、俺は、ニヤリと笑みを浮《う》かべ。床《ゆか》の上にあったミネラルウォーター入りのビンを手に取り、口をつける。

「…………あれ？」

が、予想外の事態が発生。

ビンの中から、一滴《いってき》たりとも、水が口内に零《こぼ》れ落ちてこない。

「……まさか」

仕方なく俺は空のビンを置き、本棚の横にある木箱の蓋《ふた》を開いた。そして、そこから新しいミネラルウォーターのビンを取り出そうとするが——

「馬鹿な……！」

木箱の中を見て、俺は震《ふる》えながら目を見開いた。

木箱の中には。ミネラルウォーターが、一本も残っていなかった。

俺の家に残されていた水が、とうとう、底を尽《つ》いてしまったのだ。

「くそ……。もう買い出しの時期か……！」

外には、俺を傷つけようとする悪鬼どもがうようよとうろついている。

極力外に出たくはないのだが——

水と食料を手に入れる為。生きる為に、さすがの俺も、定期的に買い出しにだけはいかざるを得なかった。

「……仕方ない。サクッと行ってくるか……」

俺はやむなく立ち上がり、部屋の扉《とびら》を開け放ち、外に出る。

前回の食料調達以来だから、これが約《九週間ぶり》の外出である。

†

午後、五時半。

久しぶりに外に出ると、頭上にはいつも通り、「朝の六時からまったく変化のない、雲一つない青空」が広がっていた。

「これは……身体《からだ》に毒だな」

久しぶりの日光に立ちくらみを覚えつつ、俺は買い出し先へ向かって歩き始める。

そういえば、自己紹介《しょうかい》がまだだったので、軽くしておくと……

俺の名前は、グレン・ユーク。

年は一六、現在の職業は、無職。

一応言い訳すると、俺は別に、昔から引きこもりだったわけじゃない。

むしろ小さい頃は、親に捨てられ孤児院《こじいん》暮らしだったから、常に集団生活……引きこもってる余裕なんかなかったし、その後、里親が見つかって、その家でお世話になってる時代も、養父母のためにも引きこもろうなんて微塵《みじん》も思わなかった。

その後だ。俺が引きこもりを開始したのは。

去年、俺を捨てた親がどっかの貴族だったことが判明し、その遺産が俺に転がり込んできたあたりから、俺の人生はオカシクなった。

俺から金をむしりとる為、俺の周りにはハイエナの様な女と自称友人共が集まり。

俺を引き取ってくれた養父母が、俺の遺産を手に入れる為——俺を殺そうとした。

結果、人間不信になった俺は、養父母の家を飛び出し、さらにその頃通っていた、プロの傭兵になる為の学校《ログレス傭兵学校》も辞め、誰にも住所を教えていないアパートの一室で、引きこもりの一人暮らしを始めてしまったのである。

ちなみにその引きこもり生活、今日で、始めて、ちょうど丸一年だ。

ちなみに、当時貴族とやらから相続した莫大《ばくだい》な財産は、九九％、もう手元にない。

群がるハイエナがあまりにうざったいので、最低限、ギリギリ暮らしていけるだけの分を残して、あとはもう、孤児院だか教会だかにくれてやったのだ。

その寄付はけっこう大きなニュースになり、おかげでカネがなくなった俺に群がる人間は、今ではもう、誰もいなくなった。

それは、俺にとって、大いにけっこうなことだった。

俺はもう、この世界の人間と、関《かか》わる気はないのだから。

──が。

「あれ？　グレン？」

関わる気など、ないのに……。

買い出しの為、往来を歩いていると。

いきなり、俺の耳に、俺の名を呼ぶ声が聞こえてきた。

「ねぇ。あんた、グレン・ユークでしょ？」

気のせいではなかった。いきなり、往来の人混みのどこかから、誰かが、俺の名前を呼んでいる。

「……くっ」

（誰だよ……!?　俺はお前らなどと関わりたくないのに……）

俺は冷《ひ》や汗《あせ》を流しながら、声に気づかぬフリをして、その場を足早に去ろうとした。が。

「ちょっと待って！　グレン！　聞こえないの!?」

敵はかなりのしつこさを持つ相手だった。ガシッ！　と後ろから俺の肩《かた》を摑《つか》み、俺の足を止めさせる。

（くっ……仕方ない）

この状態ではさすがに無視できない。ていうか、誰だ……？　恐る恐る俺は振《ふ》り返《かえ》る。

するとそこにいたのは、短い赤髪《あかがみ》にチェック地のカチューシャをつけた、小柄《こがら》で、どこか育ちのいい瞳《ひとみ》をした少女。

「グレン！　やっぱりグレンだ！　あんた……この一年、どこいってたのよ!?」

驚愕《きょうがく》に瞳を見開きながら、少女。

「お前……！」

それ以上に驚愕に目を見開き、俺はうめき声をあげた。

外出早々、とんでもない奴に見つかってしまった。

そこにいたのは、かつて財産目当てで俺の心に傷をつけた《悪鬼》共の中でも、トップクラスの悪鬼。

かつて、俺を殺して財産を奪い取ろうとしたこともある、傭兵学校で同期だった女――

『メグ・ローズハート』だった。

た。

「くっ！」

殺される！　俺は即座《そくざ》に肩に置かれていた手を振り払《はら》い、メグからの逃亡《とうぼう》を図ろうとし
が。

「ちょ、ちょっと待って！　なんで逃げるの⁉」

はし！　メグが、今度は俺の服の裾《すそ》を摑んで、俺の逃亡を阻止《そし》してくる。

「は、離《はな》せ、この魔女《まじょ》！」

「だ、誰が魔女よ、誰が！」

「俺を殺そうとしたくせに！」

忘れもしない、一年前——

次々に現れる悪鬼に精神的に参っていた時、この女は、「元気づけてあげる☆」とかいって、味方を装《よそお》って俺に手料理をつくり。その手料理に毒薬を混ぜて、俺を殺そうとしたのである。

が、そんな大罪を犯した分際で、メグは、あつかましくも眉《まゆ》を吊《つ》り上げ、俺に怒鳴《どな》り返してきた。

「な、何いってんのよこの被害妄想《ひがいもうそう》！　他の奴らと一緒《いっしょ》にしないで！　わたしはグレンの

味方！　あの時のハンバーグは、うっかり小麦粉と石灰を間違《まちが》えただけだっていってるでしょ⁉」

「そんなドジっ娘《こ》ミスする女が、現実世界に実在するわけがないだろう⁉」

「だ、だって……実際やっちゃったもんは、仕方ないじゃん⁉」

「聞くに堪《た》えんな。消えろ」

俺は裾を摑むメグの手も再度強引に払いのけ、早足でその場から歩き始めた。

「ちょ、ちょっと！　ど、どこいくのよ⁉」

しかしメグもさらに、必死の表情で俺に追いつき、並んで歩き出す。

「もしかして食料買いに行くの⁉　だったら、うちきなよ！　わたし、なんかお料理つくったげる！」

「口を閉ざせこの毒殺ハンバーグ女が……」

「だから、あれはミスだってば！　あれから二、三回しか、そういう失敗してないよ⁉ね。だから、わたしを信じて！　ウチきなよ！」

必死に口説き落とそうとしてくるメグ。

「………。悪いが」

俺は足を止め。冷徹《れいてつ》にメグを見ながら、

「俺はお前を一生信用しない。お前だけじゃなく。この世界を信用しないことにしたんだ」

短く吐《は》き捨《す》て。

「じゃあな」

今度こそメグを置き去りにし、歩き出した。

「そ、そんな！　ちょっと待ってよ！」

メグが背後で叫《さけ》んでいたが、俺はそれを無視、水を買いに行くべく、足早にその場から立ち去った。

†

メグと分かれた俺は、一人、街道を往《い》く。

ちなみに、今更《いまさら》だが、傭兵の国ログレス――

それが、俺が暮らす、この国の名前だ。

この国の特徴《とくちょう》は『傭兵の神』が造ったという事で、今でも傭兵制度が盛《さか》んで、それが国に独特の活気を生んでいる事。

国の一番高いところに王城があり、それを中心に石畳《いしだたみ》の坂道が放射状に国を走り、それに沿ってレンガ造りの家々が斜面《しゃめん》に設置されている事。

そして――

「あ、そろそろ夜になるね」

「!?」

いきなり隣《となり》から、女の声が聞こえて、俺はギョッとした。

「何故《なぜ》お前がここにいる!?」

驚《おどろ》きでドギマギしながら、俺は隣の女に叫ぶように問う。

そこにいたのは、五秒前にあれだけ突《つ》き放《はな》した魔女、メグ・ローズハート。

「だ、だって。グレン、お買い物行くの久しぶりでしょ? 手伝ったげようと思って!」

「いらん」

「う……。でもいい! 勝手についていくから!」

ヤケクソのようにいってくるメグ。

くっ……なんなんだコイツは……なんでこんな執拗《しつよう》に俺に食らいついてくる……?

「……勝手にしろ」

俺は仕方なく呟《つぶや》いた。普《ふ》通《つう》に撒《ま》いたんじゃダメだ。

こうなったら、買い出しの時、人混みに紛《まぎ》れて、無理やり捲いてやる……！

「ねぇ、それよりグレン。ほら。そろそろ、お空変わるよ？」

と、隣でメグが、空を見上げながら、呟いた。

俺も、つられて、空を見上げる。

視線の先には、燦々《さんさん》と太陽の輝《かがや》く、雲一つない「朝の六時からまったく変化のない青空」。

それが──

フッ。

次の瞬間《しゅんかん》。俺達の目の前で、唐突《とうとつ》に姿を消し、完全な闇《やみ》になった。

そして、ほんのコンマ数秒のタイムラグの後。

ぱぱっ。空に、煌々《こうこう》と星々が輝く真夜中の空が映し出され。

それを受け、ほどなく街中の建物に、明かりが灯《とも》る。

『黒のオーロラ』

さっきいいかけて、途中《とちゅう》で中断してしまったが──

ログレス最大の特徴は、この空──というより、一〇〇〇年前から、この国をドーム状に全方位完全に覆《おお》っている、この『黒のオーロラ』と呼ばれる黒い光の壁《かべ》なのである。

このオーロラのせいで、俺達ログレス人は、本物の空を拝んだことがない。

このオーロラが擬似《ぎじ》的に造り出す、午前六時からの真昼間。午後六時からの真夜中。

俺達は生まれてこの方、その二パターンの空模様しか見たことがない。夕焼けも朝焼けも当然見たことがない。

『黒のオーロラ』は、一〇〇〇年前、突然《とつぜん》発生して。
一向に消えないまま、俺達をこの国に閉じ込め続けているという。
この世界には、かつてログレスの他にも、
《罪の国》
《魔導《まどう》の国》
《血の国》
《影《かげ》の国》
《奇跡《きせき》の国》
《金の国》
《竜《りゅう》の国》
と。七つの大国が存在していたらしいが……

破壊《はかい》も通行も不可能。雨風以外、音も通さないこのオーロラのせいで、外界にある他国の現状は、一〇〇〇年の間、まったくの不明だ。

つまり俺達ログレス人は、一〇〇〇年もの間、外界との国交を完全に断絶されている状《じょう》況《きょう》。

というか、実質、俺達の感覚からすれば。このオーロラの中。ログレスだけが、この世界のすべてなのである。

「外の世界に出られればな……」

しかし、すっかり夜になった夜空を見上げながら、俺は、思わずそう呟いた。

俺は、最近よく、このオーロラの外の世界のことを夢想する。

オーロラの外には。この腐《くさ》った世界《ログレス》とは違《ちが》う、俺も穏《おだ》やかに生きられるような、優《やさ》しい人々、優しい世界が存在しているかもしれない。

もし行けるものならこんな世界捨てて、俺は外の世界へ行ってみたかった。

「なに夢みたいなこといってんの？」

しかしメグは、男のロマンを理解できないらしい。

「そんなことより、さっさとログレスで社会復帰しようよ。この先どーするの？」

メグは隣で、いきなり、超《ちょう》現実的な話を繰《く》り出《だ》してきた。

「だって、一生引きこもってるわけにはいかないじゃん！　それとも、一生逃《に》げまわって引きこもってるつもり？」

まっすぐ俺の瞳《ひとみ》を覗《のぞ》き込みながら、メグ。

「なんなら、わたしの知り合いの職場とか紹介《しょうかい》しようか？　だいじょうぶ。グレンが思ってるほど――この世界、ダメじゃないよ？　グレン傷つけたような人もいっぱいいるけど。それに負けないくらい、いい人だって、いっぱいいるんだから」

「社会復帰、ね……」

「…………………」

俺は沈黙《ちんもく》する。

いや、俺にだって、本当は理屈《りくつ》ではわかっている。

ログレス国民の全員が全員、悪人じゃないことくらい。

しかし――

例えば、それまで自分を空気の様に扱《あつか》ってた傭学《ようがく》の女共が、俺が金を手にいれた瞬間、突然好意的になり、頻繁《ひんぱん》に俺と接近しようとしてきた時があった。

嬉《うれ》しい――と思えばよかったのだろうが、俺には、そいつらの浅ましさに頭痛すら覚え、なんか無性《むしょう》にダメージを負ってしまった……。

例えば、いきなり夜道で、見知らぬ男に殴打《おうだ》され、そのまま裏道につれこまれ、そこで殺されかけた時があった。

なんとか迎撃《げいげき》し、その男に雇《やと》い主《ぬし》を吐かせたところ、そいつの口から出てきたのは、いつも俺に優しかった、養父母の名前だった。

それでもまだ信じきれず、養父母の家に帰ったら、二人はてっきり俺が死んだと思い、俺の持ち物を全《すべ》て売却《ばいきゃく》していやがった……。

俺が生きて帰った姿を見た時の養父母の表情、その表情を見た俺が味わった衝撃《しょうげき》、絶望を、俺は生涯《しょうがい》忘れない。

そういう、精神がズタボロにされるような事件が多発した去年——

俺は、もう、決意したのだ。

どんな善人面《づら》している奴《やつ》も、きっかけひとつで、悪鬼《あっき》に変貌《へんぼう》する。

だから、自分の身を完全に守る為《ため》にも。

善人も悪人も、この世界にあるものを端《はな》からすべて信用せず、自分から遠ざけるのだと。

一人で、一人の世界で生きるのだと。

その決意のおかげで、俺は現状、家の外に一歩も出れない、一人ぼっちで生きる人生を余儀《よぎ》なくされてるわけだが……。

外の世界で悪鬼どもに心身共に傷つけられるよりは、今の生活のほうが、何倍も幸せだと確信している。

「いくじなし」

沈黙し続ける俺に、メグが不満そうにいってきた。

「昔はグレン、もうちょっと男らしかったよ……」

「……お前みたいなお子ちゃまには分からないんだよ」

そう、メグは、まだ知らないからそんな気楽なことをいえるのだ。

この世の中は、俺達が昔思ってたほど、甘《あま》いものじゃなかったんだよ……。

†

目的地――ログレスバザーに到着《とうちゃく》したのは、もう、午後の六時を回った頃《ころ》だった。

ちなみにログレスバザーとは、国の南部にある、『ログレス南公園』で連日行われている、国内最大規模の大処分品市だ。

ログレスは、強制鎖国《さこく》状態で外からの補給は出来ないせいもあり、再利用バザーの需要《じゅよう》は、けっこう高い。

近所だし、期限切れ直前のミネラルウォーターなんかもここで安く手に入るので、俺は買い出しする時はほぼこのバザーを利用していた。

「相変わらず混んでるね」

そんな公園内を見渡《みわた》しながら、メグ。

確かに夜にも拘わらず、さほど広くもない公園には、露店《ろてん》がびっしり展開し、客もかなりの数が押しかけていた。おかげで公園全体に、ねっとりとした熱気が漂《ただよ》っている。

「さ、どのお店から見よっか？」

腕《うで》まくりし、やる気満々でいってくるメグ。

「……どの店もクソも。俺は、水を買いに来ただけだ。他の店には行かんぞ」

「えー!?　久しぶりに二人でショッピング来たっていうのに!?　どっか他のお店もよってこうよ！」

「…………」

いつの間に俺の買い出しは《二人でショッピング》になったんだ……？

「……いいだろう」

どうせメグは捲かなければいけない。

なんかメグが夢中になりそうな商品が置いてある店にでも、事前に寄るのは悪くない。

「どこか行きたい店とかあるのか？」

嘆息《たんそく》まじりに、聞く俺。

「え!?　わたしの買い物つきあってくれるの!?」

するとメグは嬉しいというより、驚《おどろ》いたような表情でそう聞いてきた。

「仕方ないだろう。俺は、水以外見たい物ないんだから……」

「ウソ!?　やった！　じゃあさ、じゃあさ！　わたし最近、店に飾《かざ》る小物、いまいろいろ探してるの！　あっちに、お人形屋さんあるからさ！　まず、そこから行こうよ！」

はしっ、と俺の腕を摑《つか》み、嬉しそうに歩き出すメグ。

「……………」

そんなメグを見て。俺は一瞬、わからなくなる。

（この無邪気《むじゃき》なメグが、本当に俺を殺そうとなんて、したんだろうか……？）

過去の毒殺ハンバーグ事件は。コイツのいう通り、ただの手違いで、本当は俺を励《はげ》ましたかっただけなんじゃないだろうか？

本当はコイツは、実は、かなりいい奴なんじゃないだろうか？

こいつの笑顔を見ていると、ふと、そんなことを思ってしまう。

（いや――）

しかし俺は小さく首を振《ふ》った。

何度も同じ失敗を繰り返すわけにはいかない。

いまは馴《な》れ馴れしくしているが。コイツも、油断すれば、間違いなく化けの皮をはがし、俺の心に傷をつけてくる。

この世界は、そういう風に出来ているのだ……。うむ。

「？　グレン？　どしたの？」

急に押《お》し黙《だま》った俺の顔を、俺の手をとり前を行くメグが、少し困ったように覗き込んでくる。

「いや……」

俺は、一瞬騙《だま》されそうになった自分の心の弱さに苦笑《くしょう》し。

さりげなくメグの手を振りほどきながら、

「人形屋だったか？　行こう」

感情のこもらない声で、メグにそう短く呟《つぶや》いた。

メグが行きたがり、俺を連れ、辿《たど》り着《つ》いたのは。

人気のない広場の一角に展開している『デルフォイ・ドール・マーケット』という立て看板の置かれた、小さな露店だった。

その看板が指す通り、この店は人形専門のバザーらしく。

広場の地面に、大人が横に五、六人並んで寝《ね》られる程度の大きさの麻《あさ》の敷物《しきもの》が置かれ、
そこにビッシリ——犬のぬいぐるみ、格調高い雰囲気《ふんいき》のアンティークドール、妙《みよう》に露出《ろしゆつ》の多い美少女人形——とにかく、様々なジャンルの一〇〇を超す数の人形が、隙間《すきま》なく並べられている。

「ここ、けっこう掘《ほ》り出しもん多いんだって。見るから、ちょっと待ってて」

いいながら、敷物の前にしゃがみこみ、人形の物色を始めるメグ。

（チャンスだな……）

メグを捲《ま》くには、買い物に没頭《ぼつとう》している今こそが最大の好機だろう。

というわけで俺は、人形の物色に没頭し始めたメグの後ろであっさり踵《きびす》を返し、その場を立ち去るべく、歩き始めようとした——

その瞬間《しゆんかん》だった。

《たすけて、たすけて……》

「…………⁇」

いきなりだった。

いきなり、どこからともなく、囁《ささや》くような、不安げな少女の呟きが聞こえ。

俺は、足を止めた。

「グレン。いま……なんか聞こえなかった？」

そして、それはメグにも聞こえたらしい。

メグは人形物色を中断して、俺の方に向かって聞いてくる。

「って――どこ行こうとしてんのよ、あんた！」

その瞬間、踵を返した俺を見て、メグは血相を変えた。ウッ……しまった。

「ち、違《ちが》う……トイレだって。そんなことより、今の声、なんだ？」

ごまかすように、メグに近寄りながら、俺は聞く。

「たすけてって……そう聞こえたよな？」

「うん。聞こえた」

《たすけて……》

相談してる間にも、再び、その謎《なぞ》の声が俺達の耳に響《ひび》く。

「この声……ここから聞こえてきてないか？」

俺は気づき、眼下を指し示した。

足元にあるのは――一〇〇以上はあるだろう人形群。

無数の意思持たぬ相貌《そうぼう》が、俺達を下から見上げている。

「ちょ、ちょっと……グレン、止《や》めてよ!?」

人形の声、というキーワードに不気味さを感じたのか、メグが怯《おび》えたような声でいってくる。

が。

《たすけて――おねがい――たすけて》

その間にも、再び、声は聞こえてくる。

「な、なんで人形が喋《しゃべ》るのぉ……?」

ほとんど泣きそうな声で、足元の人形を見ながらメグ。

声はやはり、実際、足元の人形群から聞こえているようだった。

「お。いらっしゃい」

困惑《こんわく》していると、突然《とつぜん》前方で声がした。

見ると、えらくガタイのいい、白いタンクトップにスキンヘッドの、筋骨隆々《りゅうりゅう》のオッサンが、新聞を読みながらデッキチェアに窮屈《きゅうくつ》そうに腰掛《こしか》けている。

どうやら店主らしい。

強面《こわもて》だが、何故《なぜ》か胸ポケットに、ウェーブのかかった赤い髪《かみ》の、どこか高飛車な顔をした美少女人形を入れた、どこか愛嬌《あいきょう》もあるオッサンだった。

「ね、ねぇおじさん！　この声なに⁉」

さっそく店主に尋《たず》ねるメグ。

「は？　声って？」

「だ、だから……声が聞こえるじゃない！　《たすけて》って！　この店の人形から聞こえてるっぽいんだけど⁉」

「はぁぁ？　うちの商品に、そんな機能ついた人形置いてねーぞ？」

不思議そうに足元の人形達を見つめるオッサン。

俺とメグは、顔を見合わせた。

「俺達にしか……聞こえてないってことか？」

そんな非現実的なこと、ありえるのか……？

「と、とにかく、おじさん。ちょっと人形見せてよ！　いい？」

「構わんよ。そういう店だし。好きなだけどーぞ」

許可を得たので。

俺達は二手に別れて、どの人形が俺達を呼んでいるのか、並んでいる人形を物色し始める。するとほどなく、俺は、一体の妙な人形を発見した。

「……なんだこれは？」

それは——あまり見かけたことのないような、個性的な造型をした人形だった。

猫《ねこ》の耳のようなものが生えている、浅葱色《あさぎいろ》の髪に。八重歯《やえば》の覗《のぞ》く、幼いルックス。

そして、貴族の家で働く使用人《メイド》が着るような、ヒラヒラのエプロン付きの黒い服。

この国では、あまり見かけない造型の人形だ。

さらにこの人形。妙なのは、その造型だけではなかった。

人形の首下に、紐《ひも》の様な物が巻かれており……その先に、ハガキくらいの大きさの、妙に大きな『タグ』がくくりつけられているのだ。

タグには、細かい字で、端的《たんてき》にこんなことが書き込まれていた。

【剣精《レイダー》解放の手順】

現在剣精《レイダー》は、霊的《れいてき》エネルギー保持の為《ため》、凍結《とうけつ》状態になっております。

剣精《レイダー》解放の際は、このタグを引きちぎり、本製品と契約《けいやく》して下さい。

剣精《レイダー》試練《ゲーム》委員会

「…………？」

意味がまったく分からなかった。

「グレェン。なんか見つけたぁ？」

困惑し首を捻《ひね》っていると。露店の端《はし》から、メグが声をかけてきた。

「ああ……なんか、妙なタグがついてる人形が一つあった。剣精《レイダー》？ がどうとか？」

「ウッソ!? ねぇ、それと同じタグついた人形！ こっちにもあるよ!?」

いいながらメグは、一体の人形をこっちに掲《かか》げて見せてくる。

メグの手の中にあったのは——こちらから、タグは見えないが——とにかく赤の寝巻《ねま》き帽《ぼう》みたいなものをかぶった、俺の持っている人形よりさらに幼い顔をした少女人形だった。

ガタンッ！

そんな中だった。

唐突《とうとつ》に何かが、勢いよく倒《たお》れる音がした。

「え？」

音に反応し、俺とメグは、音がした方——前方を見る。

すると前方には、唐突に立ち上がったオッサンの姿——どうやら今の音は、店主のオッサンが立ち上がり、デッキチェアを倒した音だったらしい。

「……いやぁ、驚《おどろ》いた」

そんな、突然立ち上がったオッサンが、ぽかんと口を開きながら、呆然《ぼうぜん》と呟いた。

「ウチの商品の中に、剣精《レイダー》あったとは。しかも二体も。……どんな皮肉だよ」

そしてオッサンは何故か胸ポケットから例の赤髪の人形を取り出し、右手に握《にぎ》り締《し》める。

すると、次の瞬間だった。

「……え？」

店主が右手に握りしめていた、赤い髪の女の人形がカッ、と光り——

俺達の目の前で。血のように赤い、長細い槍《やり》に変化した。

「——は？」

目の前で起こっている事態が把握《はあく》できず、思わず間抜《まぬ》けな声をあげる俺。

しかし、次の瞬間！

「グレン！」

メグが血相を変えて叫《さけ》んだのと、ほぼ同時だった。

ドシュッ！　焦げた臭いを撒き散らしながら――いきなり店主が手の中のその赤い槍、鋭《するど》く尖《とが》る尖端《せんたん》で、何の躊躇《ちゅうちょ》もなく、俺の心臓を串刺《くしざ》しにしようとしてきた！

「な――うおお⁉」

俺は右にヘタリこむようになりながら、なんとかその一撃《いちげき》を回避《かいひ》！

「なぁ……な、何するんですか⁉」

驚愕《きょうがく》しながら、俺は店主に聞く。

「チッ……第八ピリオドの分際で、うまく避《よ》けやがって……」

しかし店主は質問には答えず。つい数秒前まで浮《う》かんでいた愛嬌を完全に消し、猛獣《もうじゅう》のようにギラつく眼で、へたり込んだ俺を憎々《にくにく》しげに見下ろしてくる。

な、何だ、このオッサン……？

そして何故《なぜ》俺は、いきなり見ず知らずのオッサンに、槍で突《つ》き殺《ころ》されかけている⁉

「渡《わた》せ……」

さらにオッサンは、油断のない声で俺にそういってくる。

「わ、渡せって……何をですか？」

「剣精《レイダー》だよ。お前が持ってる人形。それはな、お前らの手に負えるような人形じゃないんだ。俺が破壊《はかい》してやるから——渡せ」

「グレン！　渡しちゃダメ！」

怒《いか》りながら口を挟《はさ》んできたのは、オッサンのさらに後ろにいる女、メグ。

「あの声は……きっとこの人形が、そのオジサンに壊《こわ》されたくなくて！《助けて》って、わたしらのこと呼んだのよ！」

「違《ちが》うわ馬鹿《ばか》……。何も分かってねぇクセに。とにかく、いいからよこせ。俺が、ちゃんとぶっ壊して安全に処理しとくから」

そして最終的にオッサンは、俺を見下ろしながら、槍の尖端をぴたりと俺に向け。

俺を脅《おど》すようにそういってくる。

（チッ……これだから、家から出たくなかったんだ……！）

俺は投げやりな気持ちで嘆く。

ほんの数十秒の間に。いきなり、生きるか死ぬかの状況《じょうきょう》になってるじゃないか……！

（人形を壊すから渡せだと……？）

俺は手の中の、猫耳人形を一瞬見た。

俺は、この人形になんの愛着もない。別に渡すのはヤブサカではないが……

《たすけて！》

《お願いします！　たすけて！》

手の中の人形は、尋常《じんじょう》じゃない勢いで、俺に助けを求めてくる。

店主と人形、どっちにつく……？

一瞬迷ったが——迷った末。

俺は人形を、手の中に握り締め。

立ち上がってオッサンから少し距離《きょり》をとった。そして宣言する。

「俺は、この猫耳メイド人形につかせてもらう」

「何ィ!?」

呆《あき》れた表情を浮かべたのは店主のオッサン。

「な、何故だ!?　お前、見たカンジ……そういうタイプでもないだろう!?」

「悪いが、俺は、人間不信なんでな。人間と、人間じゃないものがいたら、そっちを信じさせてもらう」

「この……現代っ子が！」

その瞬間《しゅんかん》、オッサンの怒りは頂点に達した。そして！

ゴウッ！　なんと、それに呼応するように、真っ赤だったオッサンの槍が、唐突に、実際に、本物の赤い炎に包まれた。

そして槍の全身を覆《おお》ったその炎《ほのお》は、徐々《じょじょ》に槍の尖端へと収束していき――槍の尖端にすべての炎が集まった瞬間、
ゴウッ！　槍の尖端から、棒状の炎の塊《かたまり》――炎の槍が、猛《もう》スピードで俺に向かって放射される。

「くうっ!?」

俺は驚愕に目を見開きながらも、体を半回転させ、紙一重《ひとえ》で炎の槍の顔面直撃《ちょくげき》を回避！

しかしかわしたにも拘《かか》わらず、髪《かみ》の毛《け》の何本かから焦げくさい臭いが漂ってくる。

しかも、オッサンの攻撃《こうげき》はそこで終わりではなかった！

俺が紙一重でかわした炎の槍は、俺の横を通り過ぎた直後、蛇《へび》の様に一八〇度方向転《てん》換《かん》！　ゴウッ、ゴウッ、しつこく、再び、俺に向かって襲《おそ》い掛《か》かってくる！

（な、なんなんだこの非現実的な攻撃は!?　魔法《まほう》!?　いやありえない）

かつて、他国になら、こういった非現実的なチカラ――いわゆる魔法等――を使う連中もいたらしいが。

少なくとも『傭兵《ようへい》の国』ログレスには、今も昔も、自在に伸縮《しんしゅく》する炎の槍を操《あやつ》る技《わざ》を持つ人間など、存在するハズがない！

ということは――

（この攻撃。あのオッサンの能力っていうより、あの槍の能力なのか⁉）

俺は攻撃をかわしながら、オッサンの両手の中にある、赤い槍を注意深く観察した。

人形が突然変化して現れた、炎を操る赤い槍――

（――ん⁉）

と、そこで。俺はふと、とある事に気づく。

（人形が変化して現れた槍――。人形？）

そういえばオッサンは、俺の持つ人形を見ていった。

『――ウチの商品の中に、《剣精《レイダー》》があったとはな――』

剣精《レイダー》――剣の精。

（もしかして――）

俺は思う。

（もしかして、この人形も――あのオッサンの槍みたいに、武器に変化できる人形なんじゃないのか？）

つまり剣精《レイダー》というのは、武器に変化出来る人形のことで――

理由は分からないが。オッサンは、自分の剣精《レイダー》で、俺の持ってる剣精《レイダー》を破壊しようとしている……俺が置かれてるのは、そういう状況なんじゃないのか……？

（だとしたら——俺の人形も武器に変化できるのか？）

そういえば、タグには、封印《ふういん》がどうこう書かれていたよな……。

すべて仮説だが——

はしっ。とりあえず俺は、タグの端を握り締めた。

これを引きちぎれば、何か、この状況を打破する力が手に入るかもしれない。

どうなるかわかったもんじゃなかったが。とりあえず今、ここを乗り切るチカラが、俺は欲しかった。

「よし——引きちぎってやる」

「な!? ダ、ダメだ！ オイ待て！」

俺がタグを握り締めた瞬間、オッサンが、今まで以上に血相を変えて、炎の槍で俺を狙《ねら》ってきた。

しかし、時既《すで》に遅《おそ》し。

「でぇい！」

ぶちちっ！ その瞬間。炎の槍が届く前に、俺は握り締めていたタグを、力の限り、一気に引きちぎる！

「お……おおお!?」

俺は、驚愕の声を漏《も》らした。

俺の仮説は——的中していたようだった。

タグを引きちぎった瞬間。手の中の浅葱髪《あさぎがみ》の人形が、水の様に溶《と》けた感触《かんしょく》を残し、手の上から消えたかと思うと。次の瞬間には、俺の手の中に——やや小ぶりの。柄《つか》も鍔《つば》も剣身《けんしん》も、すべてどこか寒々しい浅葱色に統一された、一振りの剣が誕生していた。

「おっし——いけ!」

俺は生まれたばかりのその剣で、俺の顔面に向かって一直線に伸《の》びてくる炎の槍を、思いっきり横に薙《な》ぎ払《はら》ってみた。

すると、その瞬間。

「お、おお!」

俺に向かって伸びていた炎の槍が、俺の剣で斬《き》られた場所を始点に、一気に氷結し始めた! おおっ! すげぇ! この剣、すげぇ!

「チッ……『氷剣《オブシディアン》』か——!」

オッサンは、そんな光景を見て忌々《いまいま》しげに吐《は》き捨《す》てると、顔をしかめ、フッ。

次の瞬間、槍から出現していた《炎の槍》を、一時消滅《しょうめつ》させた。

すると同時に、炎の槍を逆流するようにオッサンに向かって一直線に伸びていた氷結の波も、それ以上凍《こお》らせるものを失い、停止。

地面に、今まで凍らせた分の炎の槍だけが、氷の塊になってドスンと落下する。

(斬ったものを凍らせる――たとえそれが炎でも。それが俺の剣精《レイダー》の能力……⁉ 剣精《レイダー》によって能力は違う……?)

「オジサン、そこまでよ!」

などと、自分の剣精《レイダー》の能力を分析《ぶんせき》していると。

今度は、オッサンの後ろから、威勢《いせい》の良い声が聞こえてきた。

見ると、そこには――

いつの間にか、自分の身の丈《たけ》と変わらないような大きさの、赤い大鎌を携《たずさ》え立っている女――メグの姿。

「おお……お前のはそんな形なのか……?」

どうやらメグも持っていた人形のタグを引きちぎり、能力を覚醒《かくせい》させたらしい。

「よくわかんないけど……とにかくオジサン、二対一じゃ勝ち目ないよ。まだやる?」

ブゥン、と頭上で大鎌《おおがま》を旋回《せんかい》させながら、冷静な声でいうメグ。

それを見て、オッサンは、忌々しげに吐き捨てる。

「そっちは『滅亡の鎌《イレイザーレイン》』……二人ともガキのクセに、中々アタリ引きやがる」

いいながら、オッサンはゴウッ、と再び槍《やり》を炎に包む。

「だが——お前らと俺じゃ、剣精《レイダー》に関《かか》わった時間が違う。たとえ二対一だったとして——

果たして俺に勝てるかな？」

オッサンはまったく引く気配がない——どうやらやる気らしい。

俺達に向かって、再び槍の切っ先を向けてくる。

「…………！」

「…………！」

「…………！」

三人の間に、強烈《きょうれつ》な緊張感《きんちょうかん》が膨《ふく》れ上がる。

が——その時だった。

「貴様ら！　何をやっている！」

出し抜《ぬ》けに、辺りに鋭《するど》い声が響《ひび》き渡《わた》った。

俺、メグ、オッサンは、まったく同時にその声に反応、声がした方を窺《うかが》う。

そこには、少し離《はな》れた場所から、必死にこちらに向かって駆《か》けよって来る、黒い兜《かぶと》に黒い鎧《よろい》、その上から黒い外套《がいとう》を纏《まと》った、二人の騎士《きし》の姿。

「やっぱ……」

俺達は顔を見合わせた。

あれは王城お抱《かか》えの傭兵《ようへい》、ログレスの国家権力『傭兵騎士団《きしだん》』の連中だ。

「貴様らか、武器を使って暴れているのは!? 大人しく投降しろ!」

威圧《いあつ》的な声で、駆け寄りながら叫《さけ》んでくる傭兵騎士。

ログレスでは、武器を使った人間同士の私闘《しとう》は法律で禁止されている。恐《おそ》らく、戦闘《せんとう》している俺達を見て、誰《だれ》かが通報したのだろう。

(くそ、めんどうな……!)

ただでさえ今日は、やたら不用意に、人間と関わってしまっているのだ。

これで騎士団まで行って、取調べなんざ受けられるほど、俺のコミュニケーション体力は高くない。

「……イチ抜けた」

残り二人の隙《すき》をついて、それだけ言い残し。剣を握《にぎ》り締《し》めたまま、俺は二人を置き去りにして、爽《さわ》やかに広場から逃走《とうそう》することにした。

「あ! ちょ……グレン、セコイわよ!? じゃ、じゃあわたしも二ぃ抜ける!」

「ま、待てガキ！　あーでも、俺もここで捕《つか》まるわけにもいかんし……クソッ！」

ダッ！　一拍遅《いっぱくおく》れ、メグと店主も、脱走《だっそう》を開始！

そして俺達は、自然と三手に分かれ、傭兵騎士を攪乱《かくらん》させた。

「ま、待てコラァ!?」

待てといわれて待つほど俺達は優等生じゃない。

ただでさえ騒《さわ》がしいバザーに、さらに喧騒《けんそう》を撒《ま》き散《ち》らしながら。

俺達は夜のログレスを、野良犬の様に逃《に》げ惑《まど》った。

†

ゼェゼェ……と、息を切らせながら。

「クソ、疲《つか》れた……。だから、この家から出たくなかったんだ……」

俺はなんとか一人自宅に辿《たど》り着《つ》き、床《ゆか》の上にへなへなと腰《こし》を下ろした。

スキンヘッドのオッサンに殺されかけたり、傭兵騎士に追い回されたり……

やはり家の外には、俺を傷つけるような出来事しか待っていない……。

「いや、でも、もとはといえば、今回はこの剣が騒動《そうどう》の原因だよな……？」

持ち帰ってきた、一本の浅葱色の剣をまじまじと見返しながら、俺。

コイツに助けを求められ、助けたおかげで、俺はあのオッサンに殺されかけたのだ。

「この剣……一体なんなんだ……？」

俺に助けを求め、人形から剣に変化した不思議の剣。

「元は人形だったってことは……剣《このかたち》から、再び人形形態に戻《もど》したりも出来るんだろうか？」

素朴《そぼく》な疑問だったが。とりあえず俺は剣の柄を握り、

「蒼き剣よ！　汝《なんじ》、真の姿を取り戻したまへ！」

剣を掲《かか》げて、なんとなくそれっぽく叫んでみる。

すると――その瞬間《しゅんかん》だった！

「な……何ぃ!?」

適当にいってみただけだったのだが、いきなり、一〇〇点満点の解答をひねり出してしまったらしい。

なんと俺の「戻りたまへ！」という言葉に反応するように、蒼の剣が、光と共に、その形を、変化させ始めた！

そして次の瞬間には、剣は俺が最初に目にした人形の姿――

猫《ねこ》の耳のようなものが生えている、浅葱色の髪《かみ》に。八重歯《やえば》の覗《のぞ》く、幼いルックス。

そして、貴族の家で働く使用人《メイド》が着るような、ヒラヒラのエプロン付きの黒い服を纏った姿へ、完全に変化を遂《と》げる。

但《ただ》し、出現した人形は、人形屋で見た時と、少し様子が違《ちが》っていた。

人形にも拘わらず。何故《なぜ》か、瞼《まぶた》を閉じ。

あろうことか一定のペースで、緩《ゆる》やかに腹部を上下させている——まるで人間が寝息《ねいき》を立てているように。

「な……なんだコイツ？　よく見たら、さっき人形屋で見た時と、ぜんぜん違うぞ」

造型《ぞうけい》が違う、という意味ではない。

造型は、人形屋の時と、まったく変わっていない。

変わったのは、人形から受ける躍動感《やくどう》だ。人形屋で見た時のコイツは、一〇〇％完全に人形だったが、今目の前の人形は、体温を感じさせる肌《はだ》の質感といい、上下する腹部といい……小型の人間に見間違うほどの、生命力、躍動感を持っている。

「……オイ」

そして俺は、恐る恐る。

ぺちぺち、人形の頬《ほお》をつついてみた。

「ん……」

するとと人形は、微《かす》かな寝息の様なものを漏《も》らす。……寝てるのか？

「オイ！　起きろ。オイ！」

ばちんっ！　というわけで俺は、絶対目が覚めるように。さっきの五〇倍ほどの威力《いりょく》を込めて、人形の頬を往復ビンタしてみた。

「にぎゃぎゃ!?」

さすがにその一撃《いちげき》は、目を覚まさせるのに十分な威力を持っていたらしい。

床に寝そべっていた人形は、ぱちりと目を開き。寝ぼけたような目で、俺の顔を見上げてくる。

「に……にぎゃああああああああ!?」

そして次の瞬間。

何かに気づいたように、人形は、いきなりこの世の終わりのような叫び声をあげた。

「う、うわ……オイ、なんだ!?」

「し、し、ししし！　失礼しましたぁ！」

さらに人形は焦《あせ》った声でそういうと。ガバッ。もの凄《すご》い勢いで即座《そくざ》に土下座、俺に謝罪の体勢を取ってきた。

「も、ももも、申し訳ございません！　使用人《メイド》の分際で寝坊《ねぼう》など……ど……どうかお許しになってください殺さないでぇぇぇ！」

「い……いやいや。オイ、落ち着け」

俺は人形をなだめようと声をかけたが、

「あぁぁぁぁぁぁ！　この日の為《ため》に、猫耳生やして、メイド服作って、がんばってきたのにぃ！　やってしまった！　やってしまいやがった！　あぁぁぁ！　どうか、お慈悲《じひ》を！　お慈悲ををを！」

人形は完全にテンパっていて、もはや聞いちゃいない。な……なんなんだコイツは⁉

「オイ！　聞け！　コラ！」

というわけで、奴《やつ》を正気に戻す為に。

ばちんっ！　俺は土下座したままの人形の額へ、今度は下からデコピンをおみまいしてやった。

「にぎゃっ⁉」

アッパーカットを喰《く》らったように上方に吹《ふ》き飛《と》んだ人形は、美しい放物線を描《えが》いて数秒後、床に着地。

いきなりの衝撃《しょうげき》に、人形は何が起こったのか分からないように、へたりこんだまま、目を白黒させこちらを見ている。

「許すから！　だから一回落ち着け。な!?」

その隙に、俺は強い語調で人形の説得にあたる。

「ゆ……許していただけるんですか？」

ようやく話が通じた。

人形は、恐る恐る顔をあげ、激しく瞳《ひとみ》を潤《うる》ませながらそう聞いてくる。

「ああ。許す。だから落ち着け」

「よかった……」

その瞬間、安堵《あんど》したようにガクッと肩《かた》を落とす人形。

「いきなり殺されたら、どうしようかと思いました……」

……寝坊しただけで殺すって。どんな暴君だ俺は……。

「お前……人間の言葉が分かるんだな？」

「もちろんでございます。ご主人様」

「それじゃ、早速《さっそく》聞くが。お前は何者だ？」

乱暴な質問だが。そう聞くのが一番てっとり早いだろう。

「し……失礼しましたぁ！」

その瞬間。ガバッ。人形は、焦ったように、再び土下座してきた。オイオイ……またこういうノリかよ？

「わたくしとしたことが、まだ自己紹介《しょうかい》もしておりませんでした……痛恨《つうこん》の無礼の極《きわ》みの至り！」

「そういうのいらないから。さっさと自己紹介しろ」

「はっ！　かしこまりました！　それでは改めて、自己紹介させて頂きます」

すると人形はスッと面《おもて》をあげ、

「わたくしの名は、オブシディアン——長ったらしいとお感じなら、《ディア》とでもお呼び下さいませ。年齢《ねんれい》は一歳《さい》。天界が地上に遣《つか》わした、五〇の剣精《レイダー》が一つでございます」

「剣精《レイダー》……」

今日、やたら登場する単語。

「剣精《レイダー》とは……なんなんだ？」

「剣精《レイダー》とは。《精霊武器《せいれいぶき》》の通称《つうしょう》で——要するに、武器に変化出来る力を持つ精霊、のことであります」

「精霊⁉」

その言葉に、俺は首を傾《かし》げる。

「精霊は、人間の前に姿を現さないんじゃないのか？」

「あ、剣精《レイダー》は、他の精霊族とは、少し違いまして。五〇〇年に一度、人前に姿を現し。人の力を借り、とある儀式《ぎしき》を行うのです」

「儀式」

「はい。剣精《レイダー》には、五〇〇年に一度、天神様に四本の究極の武器――至高の四本《エントリーフォー》を献上《けんじょう》するという、お役目がございまして」

まっすぐ俺の瞳を見ながら、ディア。

「その至高の四本《エントリーフォー》を決める為、地上で、選ばれた五〇の剣精《レイダー》を、最後の四本になるまで戦わせる――剣精試練《レイダー・ゲーム》、という試練があるのです」

「ほう……」

「ただ、わたくし達は、所詮《しょせん》武器。使い手がいないと、自分達では戦うことはできません。そこで、この儀式――剣精試練《レイダー・ゲーム》の時期のみ、人間の主《あるじ》を決め、姿を現し。その主の武器として、主と共に剣精試練《レイダー・ゲーム》を戦い抜《ぬ》いてゆくのです！」

「……ちょっと待て」

俺は話の流れ的に、嫌《いや》な予感を覚えていた。

人間の主を決め、主の前に姿を現す？

「おい……ディアとやら」

「はいご主人様」

「……お前、俺のこと、ご主人様とか呼んでるけど。その剣精試練《レイダー・ゲーム》とやらに参加する、お前のアルジって……まさか、俺じゃないだろうな？」

「いえ！　わたくしのご主人様は、グレン・ユーク様。あなた様でございます！」

満面の笑みで即答《そくとう》してくるディア。はぁっ!?

「な……何いってんだ、お前は……!!」

「どうかわたくしと共に、剣精試練《レイダー・ゲーム》を戦って下さいませ！」

「断る」

〇・一秒で答えた。

「な……えぇ!?　な……なんででございますか!?」

完全に取り乱した声でいってくるのは、ディア。

「なんでって……お前は知らないだろうが。

俺は、とにかく、この部屋から出たくないんだ。誰《だれ》とも関《かか》わらず、一人平穏《へいおん》に、この狭《せま》い世界で生きていきたいんだ。れいだーげーむ？　そんな……あからさまにトラブルの匂《にお》いがする案件に、俺が、ノルわけないだろう!?」

「で、でも……」

「だいたい、なんで俺なんだ……？　タグを引きちぎったからか？」

俺は聞く。するとディアは首を振り、

「いいえ。タグを引きちぎるより前。わたくしが地上に派遣《はけん》される前から、わたくしと、グレン様のコンビは決まっていました」

「はあ？　決まってた？……そんな大事な儀式に。なんで俺みたいな引きこもりをキャストするんだ……？」

「それはわかりません。剣精《レイダー》と人間の組み合わせを決めるのは、もっと上層部――剣精《レイダー》試《ゲ》練《ーム》委員会の大精霊様達ですから。

でも……大精霊様達が、何の理由もなく、組み合わせを決めるわけがありません。わたくし達が組むのには、きっと、何か大いなる理由があるんです」

「……といわれてもな」

はっきりいって。俺にはそんなこと、知ったこっちゃない。

「お願いいたしますご主人様！　どうかわたくしの主に！　わたくしはこの日の為に――一年の人生、すべてを賭《か》けて。努力してきたのです！」

鼻息荒《あら》く、自分を売り込んでくるディア。

「はい。具体的には、ご主人様が喜ばれるよう――この日に備えて、霊体《れいたい》を変形させて猫《ねこ》耳を造ったり。幼女顔をキープしたり。メイド服を作ったりして……自分を磨《みが》いてきました」

「……努力？」

「……はぁ？」

俺は失笑《しっしょう》した。

「何見当違《けんとうちが》いの努力してるんだ？　別にお前に猫耳がついていたり、メイド服だったりしても、俺は喜ばんぞ？」

そういえば、ログレスでも、巷《ちまた》にはそういう要素で喜ぶ輩《やから》もいるらしいが。残念ながら俺には、そういう趣味《しゅみ》はなかった。

「いえ。ご主人様は喜ぶハズです」

しかし。ディアは、真っ向から俺にそう反論してきた。

「はあ？　何故《なぜ》？」

「それがご主人様の魂レベルの趣味趣向《しゅこう》だからです」

「……え？」

思いがけず断言された俺は、微かに動揺《どうよう》した。

その動揺を見逃《みのが》さないように、ディアはつらつらと、

「我々は、少しでも使い手の人間の方に満足していただけるよう、事前に、魂に潜《もぐ》れる精霊の力を借り、主候補の人間の魂に潜って、将来の主の、使い手の方自身も気づいていないような、魂レベルでの趣味趣向を調査し。最終的に、その理想に近い姿で地上に赴《おもむ》くよう心がけております。

で、ご主人様の魂を調査した結果。ご主人様が魂レベルで異性に望む要素は、『猫耳』『メイド』『八重歯《やえば》』『ロリ』であることが判明しました」

「ウ、ウソつけぇ！」

なんか、死ぬほど恥《は》ずかしく、俺は全力で否定した！

そんなわけあるか！　俺に、そんな偏《かたよ》った趣味はない！　俺は至《いた》ってノーマルだ！

なのになんだ、この、二万人の人間に自分の出しかけのラブレターを読まれたような、尋常《じんじょう》ではない恥ずかしさは……!?

「と、とにかく。努力してきたかなんか知らないが。俺はその剣精試練《レイダー・ゲーム》とやらには、悪いが出ないからな」

これ以上ペースを乱されるわけにはいかない。俺はぴしゃりとディアに言い放つ。

「そ、そんな！　待って下さい！　そ、そうだ！　至高の四本《エントリーフォー》まで残れば、ご主人様にも、

メリットはあるんですよ!?」

しかしディアは、なおもしつこく俺に食い下がってきた。

「……メリット？　賞品でもあるのか？」

「はい！　至高の四本《エントリーフォー》まで勝ち残った人間の皆《みな》さんには。黒のオーロラを抜けて、外の世界へ出る権利が与《あた》えられるんです！」

「……え？」

俺は固まった。

「いま……なんて？」

「え？　あ、はい。だから、至高の四本《エントリーフォー》まで勝ち残った皆さんは——」

「みなさんは？」

「黒のオーロラを抜ける権利を得られるんです」

その瞬間。

完全に、俺の話を聞く態度は変わった。

どかっ。俺はディアの前にあぐらで座《すわ》り込み、

「その話……本当なのか？」

ディアに肉薄《にくはく》しながら聞く。ディアは、こんなに食いつくと思っていなかったのか、や

や驚《おどろ》いた顔で、

「え？　あ……はい。ここ来る前、天界の上司から連絡《れんらく》きたんで……確かと思いますが」

「抜けるって。どうやってあれを抜けるんだ？」

一〇〇〇年間、誰も出入り出来なかったあのオーロラをどうやって？

よりディアに詰《つ》め寄《よ》りながら、俺は問い詰める。

「さ、さぁ……それはわかりません。わたしも、オーロラは抜けられないんで」

「は？　お前も抜けられないのか？　だったら、天界からここまで、どうやってきたんだ？」

「わたくし達剣精《レイダー》は、オーロラの中で生まれ、オーロラの中――つまり地上で育ったので。別にオーロラを通り抜ける技《わざ》は必要ないのです。

今日までの連絡や指示は、すべて、ある方法で天界から通信されてくるので、それに従ってればよかったですし……」

「ということは。お前も、ログレスの外の世界の様子は、あまり知らないのか？」

「あまりというか。まったく知りません。条件は基本的にご主人様と同じですから」

「……そうか……」

俺は一瞬考える。

剣精試練《レイダー・ゲーム》を勝ちぬけば、黒のオーロラを抜けて、外の世界に出られる。

この話が本当なら……俺にはたまらない申し出だ。

何度もいっているように。俺は、善人が傷つき、悪鬼《あっき》が嗤《わら》う、この腐《くさ》った世界《ログレス》に絶望している。

外の世界のことは知らないし。

外の世界が、ここより優《すぐ》れているという保証もないが。

もしかしたら外には、俺が理想とするような、もう誰にも傷つけられたりしない、穏《おだ》やかな世界が存在しているかもしれない。

その可能性が僅《わず》かにでもあるなら。世界《ログレス》など捨てて、俺は外の世界へ行ってみたかった。

が。

金持ち時代、散々、裏切られてきただけに。

この剣精《レイダー》のいうことを、すべて鵜呑《うの》みにすることも、俺には出来なかった。

その至高の四本《エントリーフォー》とやらまで残ったところで、本当に外に出してくれるという保証はないし。

剣精試練《レイダー・ゲーム》自体が悪質な詐欺《さぎ》で、ディアもグルで、俺をハメようとしている可能性もある。

「…………………」

俺は、しばし黙考《もっこう》。

そして、二、三分ほど黙考した末に、

「………………わかった。いいだろう。その剣精試練《レイダー・ゲーム》？　参加しようじゃないか」

思い切って、俺は承諾した。

「えっ!?」

少し驚いたような声をあげるディア。

「ほ……本当ですか？」

「ああ」

「やったぁ！」

歓喜《かんき》の声をあげるディア。

「猫耳メイド、キープして良かったぁ。これが効いたんだわ……」

ホッとしながらディアはいっているが、完全にそれは勘違《かんちが》いだ。

ディア達、そして剣精試練《レイダー・ゲーム》とやらを、まだ完全には信用してはいないが。

やはり多少のリスクは覚悟《かくご》でも、俺にとっては剣精試練《レイダー・ゲーム》、挑《いど》む価値はある。そう判断したただけである。

「そ、そ、それじゃ！　今日からわたくし達は相棒同士ですね！　よろしくお願いしますです、ご主人様！」

しかし、俺がドライな判断を下しただけとも知らず。ディアは、心底嬉《うれ》しそうな笑顔で、俺に握手《あくしゅ》を求めてきた。

「…………」

俺は一瞬迷ったが。

いきなりそんな馴《な》れ馴れしくする義理もないので、俺はさりげなくその握手を無視。

「⁇」

するとディアは、一瞬困惑《こんわく》したような表情を浮《う》かべたが。

すぐに気をとりなおしたように、屈託《くったく》のない笑顔で、

「わたくし、すこしでもご主人様のお役に立てるよう、努力します！　一緒《いっしょ》にがんばって、至高の四本《エントリーフォー》に残りましょうね⁉」

回りこんで、俺に再び、握手を求めてくる。

「……悪いが」

理解しないようなので。俺は、ハッキリ、口に出していうことにした。

「俺は剣精試練《レイダー・ゲーム》とやらに一応参加する。だが俺は疑り深いんでな。俺はお前達を全面的には信用していないし、当然、お前とも、馴れ合う気はない。わかったか？」

「え……」

瞬間。ディアは、衝撃《しょうげき》を受けたように絶句した。さっき輝《かがや》いた顔が、みるみるうちに、曇《くも》っていく。

「……わ、わかりました！」

しかしそれでも。数秒後、ディアは、頑張《がんば》った様に、笑顔を造り。

「だったら。わたくし……がんばって。まず、ご主人様に信用してもらえるよう、努力します。そうやって頑張れば……いつかわたくしも、ご主人様の相棒になれますよね⁉」

曇りのない、キラキラした瞳《ひとみ》で俺を見つめてくるディア。

……………くっ。苦手なタイプだ……。

こういう純粋《じゅんすい》まっすぐな奴《やつ》は、遠ざけても遠ざけても喰《く》らいついてくるからタチが悪い……。

「……勝手にしろ。だが俺はそう簡単に他人を認めんぞ」

結果俺は、そう吐《は》き捨《す》てるのが精一杯《せいいっぱい》。

「よーし。がんばって。ご主人様の相棒になるぞ！」

ディアはますますやる気になっている。

俺とディアの長い長い物語は。
こんな感じで、始まってしまったのだった。

シナリオII・一回戦

剣精試練《レイダー・ゲーム》【一回戦】開催《かいさい》のお知らせ

昨夜午後六時一七分をもちまして、ログレスに配備された剣精《レイダー》の《使い手による回収》がすべて完了致《かんりょういた》しました。

つきましては、さっそくではございますが、剣精試練《レイダー・ゲーム》一回戦を開催させて頂きたいと思います。

地図を添付《てんぷ》しますので、参加者のみなさま方は、午前九時までに、指定の地点へおこし下さい。

ちなみに遅刻《ちこく》、欠席は、その場で辞退扱《あつか》いとなります。お気をつけ下さい。

昨日引きちぎった例の《タグ》にこんな指令がきたのは、俺が剣精試練《レイダー・ゲーム》参加を決めた日の、翌朝のことだった。

というわけで俺は、このタグに従い。

至高の四本《エントリーフォー》に選ばれる為《ため》。

ひいては、黒のオーロラを抜《ぬ》け、このくだらない世界《ログレス》から抜け出す為。

現在、タグが指定する場所へ向かっていた。

「しかし遅刻欠席にお気をつけ下さいって……学校かよ……」

俺は歩きながらタグをためつすがめつ見ながら、冷めた口調でそう呟《つぶや》く。

タグの裏面にログレス全域の地図が表示されており。

その地図の中で光っている光点が、一回戦の会場になる様だった。

光点の位置からすると、場所はログレス郊外《こうがい》にある、放置された遺跡《いせき》辺りだろうか
……？

あんなところで、俺達に何をやらせる気なんだ……？

「あ、あの、ご主人様……わたくし、外に出たいんですけど……やはりダメなんでしょうか？」

と、剣精試練《レイダー・ゲーム》について考えていると。

俺の上着の胸ポケットから、にょきっと顔を出し、ディアが俺に話しかけてきた。

「ダメだ！　顔を出すなといっただろう⁉」

俺はすぐさま叱責《しっせき》する。

「俺は胸ポケットにお前が入ってるところを、街の人間に見られたくないんだよ！」

胸ポケに猫《ねこ》耳メイド美少女人形さして街中闊歩《かっぽ》するとか……完全に誤解されるだろうからな……。

「で、でも。わたくし達は、相棒同士なんですから、顔を出して会話するくらい……」

「だから。まだ俺は、お前を相棒だと認めてないといってるだろ？」

「う……そ……そうでした。わかりました……」

しゅん、とした声で、胸ポケに戻《もど》っていくディア。

こいつには、相棒という言葉を出すのが、一番効果覿面《てきめん》らしい。

「そんなことより、剣精試練《レイダー・ゲーム》って、具体的には何やるんだ？　ただ、普通《ふつう》に戦うのか？」

俺は歩きながら、さっき気になったことを、胸ポケのディアに聞いた。

　ディアは胸ポケの中で、俺を見上げながら、

「も、もうしわけございません。わたくしは剣精試練《レイダー・ゲーム》の内容は存じ上げておりません」

　本当に申し訳なさそうな声で、俺にそういってくる。

「はあ？　参加者なのに？」

「そ、そうなのですが。何分、わたくし、初出場ですし……。というより、全剣精《レイダー》が初出場ですので。誰《だれ》も剣精試練《レイダー・ゲーム》の情報は持っていないのですが」

「全員、前情報ナシか……」

　大会開始前に、情報面で優劣《ゆうれつ》がつかないのは救いだが……。

　何をやるかわからないんじゃ、さすがに若干《じゃっかん》不安だぞ。剣精試練《レイダー・ゲーム》。


　それから、ほどなくして。

　俺はタグが示す場所——予想通り郊外の遺跡——確か『ピリカ遺跡』だったか？　の前に到着《とうちゃく》していた。

　このピリカ遺跡は、パッと見では、地上にポツンと存在する、ただの小さな小屋にしか見えないが。その小屋には地下に降りる長い階段があり、その下に、確か巨大《きょだい》な地下迷路《めいろ》が広がっているハズだ。

「ご主人様。わたくし、そろそろ剣《けん》の形になっておきましょうか！」

遺跡につくと同時に。胸ポケから俺を見上げながら、ディアが誇《ほこ》らしげに――相棒になるべく、自分の優秀《ゆうしゅう》さをアピールするような口調でいってきた。

「……そうだな」

「チェンジする時、なんか特殊《とくしゅ》な掛《か》け声《ごえ》とかつけます？　チェーンジ・ソード・オブ・オブシディアン！……みたいな！」

「いらん」

俺は即答《そくとう》。

「俺が《変われ》と三文字いったら。お前は普通に変化しろ」

「………かしこまりました……」

何故《なぜ》か、若干シュンとなりながら、渋々《しぶしぶ》頷《うなず》くディア。

どうもコイツのやや高めのテンションは、俺と本質的に相性《あいしょう》が悪い気がする……。

「うお……暗っ」

というわけで、俺は剣に変わったディアを携《たずさ》え。

地上の小屋へと足を踏《ふ》み入れ、そしてその下、地下迷路に潜《もぐ》った。

当たり前だが、階段を降りた先は陽《ひ》の光がまったく届かない場所なので、完全な闇《やみ》、真っ暗だった。

「しまった……松明《たいまつ》もなんも持ってきてないぞ……」

《お任せください！　こんな時の為のディアでございます！》

そういうと、パァァ――手の中の剣《ディア》が、淡《あわ》く青く輝きだした。

「お……おお」

大した光量ではなかったが、それでも、足元と前後左右二、三メートルは十分カバー出来るくらいの明るさは得られた。

「お前……こんな便利機能ついてたのか？」

俺は光る剣《ディア》を四方に順番にかざし、周囲の様子を確認《かくにん》してみた。

しかし、見えるのは放置されてかなり傷んでいる、ピリカ遺跡の床《ゆか》と壁《かべ》だけで、周囲には、誰もいない。

「なんだ……誰もいない？　一回戦、ここでやるんじゃなかったのか？」

「あ。もしかしてキミも参加者の人？」

と、その時だった。

まだ灯《あか》りで照らしてないほうの闇の中から、いきなり声がした。

「え……」

俺はそちらのほうへ灯りを向けてみる。

そこに浮《う》かび上《あ》がったのは——一組のカップルの姿だった。

柔《やわ》らかそうなウェーブのかかった明るい金髪《きんぱつ》に、騎士《きし》の様な格好をした、いかにも優《やさ》しそうな顔の男性と。

長い黒髪《くろかみ》に緑のローブを纏《まと》った、どことなく品のある、おっとりとした風貌《ふうぼう》の女性の。

文句ナシに、美男美女のカップル。

二人とも、俺より少し上——二十歳《はたち》くらいだろうか。

なんとなく、二人とも見覚えのある顔をしている気がするが……思い出せない。

「……そうですけど。あなた達も参加者の方ですか？」

俺は、やや警戒《けいかい》した、恐《おそ》らく向こうからすれば失礼に映るような、つっけんどんな態度で聞き返した。

が。俺の陰鬱《いんうつ》な挨拶《あいさつ》は。まったく通用しなかったらしい。

「うん。僕らも、剣精試練《レイダー・ゲーム》参加者なんだ。よかったよ、喋《しゃべ》ってくれる人いて」

金髪騎士の方は、どこか人懐《ひとなつ》こい、お人好《よ》し臭《くさ》さ一二〇％の笑顔を浮かべ、

「僕、ライエル・ヒート。一応、王族護衛《ロイヤル・ガード》をやってる。よろしくね」

気さくに俺に手を差し出してくる。

が。

「え⁉」

その瞬間《しゅんかん》。

俺の呼吸が、一瞬止まった。

ライエル・ヒート……？

「ライエル・ヒートって……まさか、あの『王道』ライエル・ヒートですか……⁉」

「？　そうだけど？」

「なっ⁉　ほ……本物ですか？」

「たぶん本物だと思うけど」

「…………」

「…………」

俺は絶句した。

（どうりで見たことがあると思った……！）

ライエル・ヒート。

孤児院《こじいん》出身の、札付きの不良少年で。

裏街で暴れているところを、偶然《ぐうぜん》この国の王女に見つけられ、その類《たぐい》まれな戦闘力《せんとう》を買われて傭兵騎士《ようへいきし》団にスカウト。

その後、徐々《じょじょ》に更生《こうせい》していき、今では傭兵の最上級ジョブ『王族護衛《ロイヤル・ガード》』にまで上《のぼ》り詰《つ》めた——ある種『王道』のサクセスストーリーを歩んでいる、ログレスが生んだ雑草の星。

それが、この男、ライエル・ヒートなのである。

(しかしオイオイ……剣精試練《レイダー・ゲーム》……こんな化《ビッグ・ネーム》物まで出場するのか……⁉)

この男は、ログレスでは超《ちょう》有名人だった。

ライエル・ヒートといえば、現在ログレス傭兵戦闘力ランキング(王城調べ)で、三年連続No.1をとっている——ただ単純に、この国で一番強い傭兵。

ランキング一〇位以内のランカーは、基本的に、残像出すほど速く動いたり、素手《すで》で家割ったり、そういう変態レベルの傭兵ばかりなので。

その中の一位ともなると、当たり前だが、戦ったところで、俺なんかが勝てるわけもない。

「で、でも、剣精試練《レイダー・ゲーム》に出るって……王族護衛《ロイヤル・ガード》がこんなところにいて大丈夫《だいじょうぶ》なんですか？ 確か王族護衛《ロイヤル・ガード》は、基本、二四時間対象の護衛につかなくちゃいけないんじゃ……」

「うん？ だから、護衛してるよ？」

満面の笑みで、隣《となり》の女性を指し示すライエル。

そこにいるのは、長い黒髪の女性。

「……え？　まさか……」

俺は、ライエルのいってる事を理解し、呆然《ぼうぜん》と目を見開いた。

「ま、まさかあなた様は……ミザリィ・ログレス第三王女でいらっしゃいますか？」

俺の問いに、彼女は柔らかく笑い、そして「しぃっ」と自分の唇《くちびる》の前に人差し指を立て、俺に沈黙《ちんもく》を促《うなが》してきた。

（い、いやいやいや……そのジェスチャー。つまり本人って事だよな!?）

まさかのご本人登場に。俺はくずおれそうになった。

「な……何故《なぜ》王女がこんなところに!?」

俺は呆然と聞いた。

「ま……まさか王女も、剣精試練《レイダー・ゲーム》に出場されるんですか!?」

「ええ。わたしも、《使い手》に選ばれてしまったの」

笑顔でそういうと、王女は懐《ふところ》から、扇子《せんす》の様な物を取り出した。どうやらそれが、王女の剣精《レイダー》らしい。

（マジか……！）

剣精試練《レイダー・ゲーム》……どんだけ無茶なキャスティングしやがるんだ……！

ていうか、王女とか、攻撃《こうげき》したら、国家反逆罪で死罪じゃないか……⁉　どう戦えばいいんだ？　俺は頭を抱《かか》えた。

「うふふ。あなた、グレン・ユークでしょ？」

と、恐れ慄《おのの》いていると。

いきなり王女が、俺の名を呼んだ。

「え……？　な……何故俺なんかの名を？」

「うふふ。王族として。傭兵学校の優秀な生徒は、一応、チェックしてるのよ」

ころころと笑いながら、平然といってくる王女。

「グレン・ユーク。身長一七一センチ、体重六一キロ。得意武器は剣で、確か――ライエルと一緒《いっしょ》で、孤児院出身だったわよね？」

「な……マジかテメェ⁉」

瞬間。いきなり王女の隣にいたライエルが、俺を見て荒々《あらあら》しい口調で食いついてきた。

え……？　何だいきなりこのキャラ変化……？　この人優男キャラだったんじゃ……？

「うふ……ラ・イ・エ・ル？」

その口調に、王女が反応。満面の笑み、しかし目だけが笑っていない不気味な笑顔で、ライエルを見つめている。

「あ……アハアハアハ、や、やだな。冗談《じょうだん》だよ、冗談」

顔面蒼白《そうはく》、引きつった笑みを浮かべながらいうライエル。

「僕は底なしのお人好しで庶民《しょみん》的でジンチクムガイなキャラだよ？　ちゃんとやってるよ？……だから例のお仕置きだけはやめて……」

「気をつけてね♪」

ニコリと笑って言い放つ王女。……もしかして不良青年ライエル・ヒートは、まだ完全には更生しておらず。今でもこうやって王女に調教されてるんだろうか……。

……しかし例のお仕置きって一体……。

「えぇと。それで。キミ、本当に孤児院出身なのかい？」

というわけで、ライエルは、わざとらしいくらい爽《さわ》やかな口調でいってきた。

「ええ、まぁ……」

「そうか……だったら……頑張《がんば》れ」

妙《みょう》に力のこもった声で、ライエルは俺の肩《かた》をぽんと叩《たた》きながら、いってきた。

「シアワセな環境《かんきょう》で生きてきたボンボンに負けるな……。いいか、グレン、覚えとけ。この世で最も最強なのは——俺達、孤児なんだよぉっ！」

またアツくなってしまったのか、唐突《とうとつ》にテンションをあげてくるライエル。

「なんつったって、ハングリー精神が違《ちが》う！　潰せ！　だからお前もボンボンどもを一人残らず踏み潰して――」

「ラ・イ・エ・ル？」

再度響《ひび》き渡《わた》るは、王女の声。

「お・仕・置・き。し・て・ほ・し・い・の？」

「ち、違いますでございます、姫《ひめ》」

ライエルは必死に抗弁《こうべん》したが、王女はほわっとした笑みのまま、ライエルの耳を摑《つか》み、

「グレン・ユーク。わたし達は、用事が出来たんで。先に奥《おく》に行くわね？」

有無をいわせぬ声で、俺にいってくる。

「え……え？　ち、地下迷路の奥へですか？」

「そう。迷路のどこで一回戦開始を待つかは、参加者の自由みたいだから。みんな、奥に行って、それぞれ準備してるみたいよ？」

「あ、なるほど……！」

だから、この近辺には、誰《だれ》もいなかったのか。

参加者は皆《みんな》、既《すで》に自分が有利に戦えるポイントを先に見つけ、確保していたのだ。

「じゃあね。ごきげんよう」

「グレン！　頑張るんだ！　孤児の矜持《きょうじ》を見せ付けやがれぐわぁぁぁ!?」

最後までライエルは何かをいっていたが、その姿が闇の中に消えた途端《とたん》、絶叫《ぜっきょう》があがり、そしてライエルの声は途絶《とだ》えた。

……どうやらお仕置きが実行されたらしい。

「ノンキな連中だな……」

闇《やみ》に消えた二人を見送って。なんだか気が抜《ぬ》けたように、俺は呟《つぶや》いた。

ああいう奴《やつ》らには、俺みたいなセンシティブな悩《なや》みは皆無《かいむ》なんだろうな……。

†

ライエル達が消えた後。
俺達も、有利に戦えそうな陣地《じんち》を探す為《ため》、遺跡《いせき》の奥――地下迷路へ進んだ。（もちろん、化物《ライエル》達とは戦いたくないので、違う方向から）
地下迷路は、縦横三メートル程《ほど》の正方形の通路が延々続き、それが分岐《ぶんき》を繰《く》り返《かえ》して複雑に展開している。

その地下迷路を適当に進んだ俺は、ほどなく行き止まりにぶち当たったので。ひとまずそこに腰《こし》を落ち着け、試練《ゲーム》の開始を待つことにした。

「九時開始だから……そろそろだよな？」

ヴィィ――。ヴィィ――。

と、その瞬間だった。

胸ポケに入れておいたタグが、突然振動《とつぜんしんどう》した。

《ご主人様！》

「わかってる」

どうやらこのタグは、《委員会》からの指令が入った時、震《ふる》える仕様になっている様だ。

俺は胸ポケからタグを出し、オブシディアンの灯りで照らして覗《のぞ》き込む。

そこには――

こう書かれていた。

剣精試練《レイダー・ゲーム》【一回戦】開始

只今《ただいま》をもちまして、予定時刻となりましたので、剣精試練《レイダー・ゲーム》一回戦を開催致《かいさいいた》します。

一回戦では、皆様《みなさま》の基礎《きそ》能力、総合力を見せて頂くため、【迷宮からの脱出《だっしゅつ》の早さ】を、競《きそ》って頂きたいと存じます。

各自、現在位置をスタート地点とし、そこから先に迷宮を出た【二五名】の参加者の方に、二回戦進出の権利が与《あた》えられます。

尚《なお》、一回戦中の戦闘行為《せんとうこうい》は自由でございます。必要がある時は他の参加者と戦い、ご自身の武器を強化して下さいませ。

それでは、皆様のご活躍《かつやく》、期待しております。

剣精試練《レイダー・ゲーム》委員会

「迷宮からの脱出の早さ……!?」

少々予想外の展開に、俺は目を瞬《またた》いた。

てっきり、他の参加者と直接闘い、戦闘力を比べるものだと思っていたが……こういう、間接的な課題が出ることもあるのか、剣精試練《レイダー・ゲーム》。

（しかし……妙だな）

俺は思った。

このままじゃ、全員、スタート地点はバラバラだし。奥まで入った奴と、出入り口の近辺にいた奴で、かなりの不公平が生まれるんじゃないのか……？　あと、他の参加者と戦い、自身の武器を強化するって……どういう意味だ？　なんで他の参加者と戦えば、自身の武器が強化されるんだ？

などと、俺がいろいろ考えていた瞬間《しゅんかん》だった。

ゴゴゴゴゴゴゴゴゴ——！

突然、地鳴りの様な音が鳴り響き、足元が揺《ゆ》れたかと思うと、

「おおっ!?」

ゴゴゴゴゴゴゴゴゴ——！

いきなり、行き止まりだったハズの、俺の正面の壁が、地面に沈《しず》んで通路になり。反対に、俺が通ってきたほうの道に壁が生まれ、通路の形が変化した。

「なるほど、……！」

俺はその念の入れように皮肉気に笑った。

どうやったのかは知らないが。剣精試練委員会《レイダー・ゲーム》とやらが、最初に入った時と、迷路の形を、完全に作り変えてしまったらしい。

出入り口の場所も変化させただろうから、これで結局、最初に出入り口の近くにいようがいまいが、関係ないわけだ。

《ご主人様！　行きましょう！》

瞬間、凜々《りり》しく、手元でディアがいってくる。

「そうだな……！」

いろいろ気になるところもあったが。そんなものは後で聞けばいい。

それより、黒のオーロラを抜けて、外の世界に行く為にも、今はなんとしても、先に迷宮を出る二五人の枠《わく》に入ることだけを考えよう――！

「よし……行こう！」

というわけで。

俺はディアを握《にぎ》り締《し》めたまま。

地上を目指して、全速力で、走り始めた！

†

ワァァァ……！

走り始めてほどなく。いつの間にか、地下迷路《めいろ》は、騒《さわ》がしい喧騒《けんそう》に包まれていた。

まだ他の参加者と接触《せっしょく》こそしないが、それでもどこからともなく、他の通路にいる参加者の、悲鳴やら怒号《どごう》やらが聞こえてくる。

そんな中。俺とディアは、走っていた。

迷路が変化したとはいえ、一応、俺は庸学で訓練を受けているので。風が流れこんでくる方向から、出入り口の方向くらいは割り出せる。

他の参加者と遭遇《そうぐう》もしないし、俺達の脱出は、わりとスムーズに進行していた。

《このまま行けちゃいそうですね！　ご主人様！》

「うーむ……！」

俺は首を傾《かし》げる。

確かに、このままでは、本当に何も起こらないままゴールしてしまえそうだが。

そんなにうまくいく事があるのか……？

と、あまりの順調ぶりに、逆に少し不安になりながら、俺は曲がり角になっている通路を走って曲がる――

そんな瞬間だった。

が、がんっ！

いきなり、鼻の頭に、熱い衝撃《しょうげき》が走り。

「あぐっ!?」

俺は吹《ふ》き飛《と》ばされるように、地面に倒《たお》れた。

「な……なんだ……？」

一瞬、何が起こったのか分からなかったが、

「ううう……」

見ると、目の前で、俺とまったく同じような格好で、一人女が倒れていた。

周囲の喧騒のせいで気づけなかったのか……どうやら通路の曲がり角を曲がり際《ぎわ》、俺はこの目の前の女と激突《げきとつ》してしまったらしい。

「こ……この痴《し》れ者《もの》が。どこに目をつけている……！」

するとその女は、鼻を押さえて涙《なみだ》を流しながら、俺を憎々《にくにく》しげに睨《にら》み付けてきた。

剣の様に美しく光る、長い銀髪《ぎんぱつ》。

シミのひとつもない、美男子、といわれても一瞬信じてしまいそうな、凛々しく引き締まった美しい顔。

なんというか……誇《ほこ》り高そうな女だった。

「別に俺だけのせいじゃない。お前だって、ぶつかってきただろう」

その女に対し。ふん、と鼻で笑いながら、俺は冷然と言い放った。

普通《ふつう》なら女を心配するものかもしれないが。俺には、金持ちになった瞬間、俺に何の興味もなかったようなクラスの女どもが、いきなり態度を変えて迫《せま》ってきた経験があるので
──俺は男以上に、女には不審《ふしん》感を抱《いだ》いているのだ。

「き、貴様。私のせいだというのか……この私の」

すると女は、余計に瞳《ひとみ》の中の炎《ほのお》を燃え上がらせながら、俺をさらに睨み付けてくる。

と、その瞬間だった。

「ん？」

銀髪女が、俺の顔を見て、何かに気づいたように、目を見開いた。

「き、貴様……まさか。グレン・ユークか？」

「ん？」

俺は眉《まゆ》をひそめた。

「そうだが……何故《なぜ》俺の名前を知っている？」

「ふっふっふ……あーっはっはっは！」

俺は聞いたが。銀髪女は、それに答えず、爆笑《ばくしょう》した。

「なんということだ……なんということだよ！　まさか貴様と、こんなところで会えるとは！」

女は狂喜《きょうき》したように立ち上がると。

「ここで会ったが一〇〇年目。あの時の恨み……晴らさせてもらうぞ！　グレン・ユーク！」

爛々《らんらん》と輝《かがや》く顔で、腰にさっていたレイピア状の剣を抜き放《はな》っていきなり戦闘《せんとう》態勢に入る。

「はあ？　待て待て。お前、誰《だれ》だ!?　何故俺がお前に襲いかかられなければいけない!?」

俺は、まったくこんな女に見覚えもなかったし……誰かに恨まれるようなことをした覚えもないぞ？

「フン。私を忘れたか」

すると、銀髪女は、暗く笑った。

「お前らしいな……やはりお前にとって、私は不要品だったということか……！」

「はあ？」

「しかしそんなことはもはや……関係ないのだ！　私はもう、お前を倒さない限り、前に進めないのだよ。——いくぞっ！」

そういい切ると。銀髪女は。鋭《するど》い踏《ふ》み込《こ》みと共に、俺にレイピアによる強烈《きようれつ》な刺突攻撃《しとつこうげき》を繰《く》り出《だ》してくる。

「うおおっ!?」

俺はかろうじてそれを回避《かいひ》。なんなんだこのイカれた女は!?　俺は後ろに距離《きより》を取りながら、

「ま、待て！　お前も剣精試練《レイダー・ゲーム》の参加者なんじゃないのか!?」

「そうだが？」

「だったら、こんなことをやってる場合じゃないだろう!?」

力いっぱいそう叫《さけ》んだ。

いくら無事にこの迷路を脱出したとしても。先着二五名の枠に入れなければ、そこで俺達の剣精試練《レイダー・ゲーム》は終わりなのだ。

「貴様……まさか知らないのか？」

　すると銀髪女は、苛立《いらだ》ったような顔で、俺に向かってそういってきた。

「他の参加者の剣精《レイダー》を壊《こわ》せば。その能力は、自分の剣精《レイダー》に取り込めるんだぞ？」

「へ？」

《あ》

　瞬間。剣《ディア》から、少し慌《あわ》てたような声が聞こえてきた。

《も、申し訳ございません！　説明するのを忘れておりました。剣精《レイダー》で剣精《レイダー》を破壊《はかい》すれば。その能力を自分のモノに出来るんです、ご主人様》

「こ、この馬鹿《ばか》……そんな超《ちょう》最重要事項《じこう》教え忘れるなよ!?」

《も……申し訳ございません》

　しゅんとした声で答えてくるディア。

　くそ。もしかして俺、けっこう落ちこぼれの剣精《レイダー》引いたのか……!?

　まぁとりあえず、タグにあった【必要がある時は他の参加者と戦い、自身の武器を強化して下さいませ】の意味は、これでようやく分かった。

　つまり、自分の剣精《レイダー》を強化したい奴《やつ》は。他の参加者を倒して、その能力を奪《うば》えという意味で。ルールを知ってさえいれば、一秒で理解出来る文章だったのだ。

「と、いうわけだ」

俺がルールを理解したことを確認《かくにん》するように、ニヒルに笑ったのは、銀髪女。

「これでも、私達の戦闘は無意味か？」

「…………」

俺は一瞬迷ったが、黙《だま》って通してくれるタイプでもなさそうだし。

目的の為《ため》にも、こいつには消えてもらうしかなさそうだな……。

「……いいだろう。受けてたとう」

短くそう答え。俺は剣《ディア》を構えて戦闘態勢に入る。

「勝負だ――」

銀髪女は男前に笑い、戦いが始まった。

いうなり、銀髪女は。手の中のレイピアで、再び俺に攻撃してきた！

「行くぞ!!」

「伸《の》びろ！　サーペンティアン！」

レイピアの切っ先を俺に向けたまま、俺に叫ぶ銀髪女。

びゅうっ！　するとレイピアの切っ先が、まるで昨日戦った店主の槍《やり》と同じ様に――俺に向かって、一直線に伸びてきた！

これが銀髪女の剣精《レイダー》の能力！

（またのびたり縮んだりの武器か！）

俺は舌打ちしながら、しかし横にステップしてその一撃《いちげき》を回避。

（しかし――こういう武器への対処法は、既《すで》に昨日のオッサンの炎の槍で学習している！）

というわけで俺は、剣《ディア》を上段に振《ふ》り上げ。

ぶんっ！　自分の横を通過し伸びきっているレイピアの刀身に、高速で剣《ディア》を振り下ろした！

伸びて攻撃してくるなら！　伸びて攻撃してきたところを狙《ねら》えばいい！

しかも纏《まと》っていた炎を飛ばしてきた昨日の槍と違《ちが》い、この剣精《レイダー》は、自分自身を伸ばして攻撃してきている。この一撃で凍《こお》らせれば、それで俺の勝利は確定するハズだ。

が。

「んっ!?」

予想外の展開。攻撃の手ごたえがなかった。

俺が剣《ディア》を振り下ろした瞬間《しゅんかん》、槍の様に硬《かた》く、鋭く伸びていたレイピアが、ロープの様に脱力《だつりょく》し。俺の剣《ディア》による衝撃を、フニャリと受け流したのだ。

（な……！　この女、考えてやがる！）

そして、女の予想外の攻撃は、それで終わりではなかった。

女は、脱力し、俺の攻撃の衝撃を緩和《かんわ》したレイピアの刀身に、再びエネルギーを与《あた》えたかと思うと。今度はまるでロープの様に、素早《すばや》く剣《ディア》の刀身に巻きつかせ、剣《ディア》をガンジガラメにしてしまう。

そしてさらに次の瞬間。今度は、まるで魚が掛かったから、釣り糸を回収する様に。もの凄《すご》い勢いでレイピアの刀身が縮み始め、釣った魚よろしく、俺の身体ごと剣《ディア》が、銀髪女の方へと引き寄せられ始めた。

「うおおおお!?」

俺は焦《あせ》った。この女、まだ一回戦なのに、自分の剣精《レイダー》を完全にモノにしてやがる!?

だが――俺だって、負けるワケにはいかない！　俺は外の世界へ行くのだ！

俺は剣《ディア》から手を離《はな》しながら、叫んだ。

「ディア！　一回戻《もど》れ！」

《り、了解《りょうかい》！》

ボンッ！　その瞬間、俺の声に反応し、ディアは人形形態に戻る！

そしてディアは剣形態と人形形態のサイズの違いを利用し、一瞬緩《ゆる》んだレイピアロープの隙間《すきま》から這《は》い出し、俺の手元にぴょん、と返ってきた。

「変われ！」

《了解！》

ボンッ！　そして再び、ディアを剣形態に戻す。

ふう……。よし、これで仕切りなおしだ。

俺は一度息をつき、再び戦闘態勢を取った。

「ちっ。とっさにそんな回避方法を思いつくとは……」

そんな戦闘態勢をとった俺を見て。銀髪《ぎんぱつ》女は、悔《くや》しそうに呟《つぶや》く。

「さすがは《薄氷《はくひょう》》のグレンといったところか……」

「ん……!?」

俺は目を見開き、一瞬剣《ディア》を降ろした。

薄氷のグレン。その懐《なつ》かしいあだ名は、俺につけられた、傭学《ようがく》時代のあだ名だ。

「そのあだ名を知ってるってことは……お前、もしかして傭学出身か？」

その問いに。銀髪女は、ニヤリと笑い、

「そんなに私の正体が知りたいなら、私を倒《たお》すことだ。そうすればお前にも我《わ》が正体を明かそう」

やたら男前な口調でそういってくる。

（……結局やるしかないということか……）

仕方なく俺は剣《ディア》を構えなおし――じりじりと、銀髪女に歩み寄る。

しかし――その瞬間だった。

ヴィイ――。ヴィイ――。

何かが振動《しんどう》する音が、微《かす》かに辺りに鳴《な》り響《ひび》き渡《わた》った。

「ん……⁉」

「な……⁉」

瞬間、俺達二人は、同時に体を震《ふる》わせた。

《ご、ご主人様。タグが！》

とは、ディアの声。

「わ……わかってる」

（しかし……何故《なぜ》、いまタグが振動する？　まさか――俺達が戦ってる間に、一回戦、終《しゅう》了《りょう》しちまったのか⁉）

俺は、顔面蒼白《そうはく》になりながら。ポケットからタグを引っ張り出し、ちらりと覗《のぞ》き込む。

そこには――こう書かれていた。

剣精試練《レイダー・ゲーム》【一回戦】途中《とちゅう》経過のお知らせ

みなさま、おつかれさまです。
剣精試練《レイダー・ゲーム》【一回戦】の途中経過を報告致《いた》します。
現在【一回戦】突破《とっぱ》の参加者の数は【一八名】。
二回戦に駒《こま》を進められる参加者の数は、残り【七名】となっております。
二回戦進出を目指される方は、なるべくお早く勝利条件を満たして下さい。

剣精試練《レイダー・ゲーム》委員会

「残り七人……⁉」

終了の報《しら》せじゃなかったのは、不幸中の幸いだが。オイオイ、それでも、まだ始まったばかりなのに。もう、残り七つしか枠《わく》残っていないのか⁉

どれだけ優秀《ゆうしゅう》なんだよ、他の参加者は！

「オイ！」

俺はたまらず銀髪女に呼びかけた。

「これでも戦ってる場合か⁉　お前と戦ってる間に。残りの枠、七つになってるんだぞ⁉」

「…………」

銀髪女は、タグを見ながら、やや青ざめた顔で黙っている。

「とりあえず、一時休戦にしないか？　決着つける機会は、絶対後でくれてやるから」

「……でも……」

俺は休戦を呼びかけたが。女は、不満げに、口を尖《とが》らせている。

……付き合いきれん。俺は肩《かた》をすくめ、

「俺はお前と心中する気はない。俺は……どうしても、外の世界に行かなくちゃいけないんでな」

ダッ！　一瞬の隙《すき》をついて、女の横をすり抜《ぬ》けて走り出した。

「あ……ま……待って！」

が、その瞬間だった。

銀髪女が、すり抜けようとした俺の腕《うで》を、かろうじて掴《つか》んできた。

「チッ……しつこい奴だな……離せよ！」

「馬鹿。違う。――出口の方角は。そっちじゃない」

銀髪女は、そっぽを向きながら、そんなことをいってくる。

「……はぁ？　こっちじゃない？」

そういえば――よくよく考えれば、俺とこの銀髪女は、まったく真逆の方向へ進もうとして、衝突《しょうとつ》していたな……。

「……何でお前にそんなことが分かるんだ？」

俺は疑り深く聞いた。コイツが俺をハメようとしてる可能性もあるしな。

「………………」

聞かれた銀髪女は。一瞬、何かを迷った様に瞳《ひとみ》を揺《ゆ》らしたが。

最終的に、何かを諦《あきら》めたように嘆息《たんそく》し、

「ツバサ！　出てこい！」

周りに誰《だれ》もいないにも拘《かか》わらず。いきなり、誰かを呼ぶ様に声を張り上げる。

すると——その瞬間だった。

「お……おおおっ⁉」

俺の目の前で、予想外のことが起こった。

銀髪女が叫《さけ》んだ瞬間、銀髪女の影《かげ》から、ちゃぽっ。

いきなり一人の少女が——水面から這い上がってきたように、唐突《とうとつ》に姿を現したのだ。

「な……なんだそいつは⁉」

あまりに怪奇《かいき》な現象に、俺はギョッとした。

現れたのは、子供の様に小さな体躯《たいく》を黒い服装で包んだ、目の下のクマが印象的な——

恐《おそ》ろしく根暗そうな少女。

「こいつは、わたしの《影子《かげこ》》だ」

その少女を見ながら、銀髪女が仕方なさそうに紹介《しょうかい》してくる。

「カゲコ？　影子ってあの……大昔に《影》の国からログレスに移り住んできた一族の末《まつ》
裔《えい》とかいう、あの影子か？」

「そうだ」

影子は、基本的には人前に姿を現さず。ログレスのどこかにある隠《かく》れ里《ざと》で暮らしているらしい。だがその能力を買われ、王族や金持ちの家なんかでは、個人的な護衛として雇《やと》われたりするとも聞く。つまり、この影子は、そういうタイプの影子なんだろう。

「しかし、これが影子か……！」

実物を初めて見た俺は、興味深く現れた女――ツバサをまじまじと眺《なが》めてみる。

「………」

するとツバサも、小動物が人間を観察するような静かな視線で、俺を見返している。そのツバサを見ながら銀髪は、

「影子は影に潜《もぐ》れるし、五感や方向感覚なんかも、私達普通《ふつう》の人間とは比べ物にならない位優《すぐ》れている。お前の行こうとしてる方向は、ツバサの道案内とは逆だ」

と断言。

「………」

俺は一瞬押《お》し黙《だま》る。

まぁ確かに、傭学で訓練を受けているとはいえ。さすがにここまでの大迷路《めいろ》からの脱《だっ》出《しゅつ》など、俺は経験したことがない。俺と影子、どちらのルートが正しいかといわれれば、

「へぇ……」

向こうが正解の可能性は高いだろう。

が、だとしたら。

「……何故俺に正解の道《ルート》を教える？」

俺は疑問に思い聞いた。別にコイツは、違《ちが》うルートに行こうとした俺を放置し、自分だけが正しいルートに進んでもよかったハズだ。

「それに、そんな味方がいるなら。何故先ほどの俺との戦いの時、そいつの協力を得なかった？」

「……くだらない。それでお前を倒して、何になるっていうんだ」

肩をすくめて、吐《は》き捨《す》てるようにいう銀髪。

「お前に正解の道を教えるのは、今ここでお前に負けられたら私が困るからだ。私は剣精《レイダー》試練《ゲーム》で貴様を倒し、貴様への復讐《ふくしゅう》を完遂《かんすい》する事に決めたんだ」

くるっ、と俺に背を向けながら、

「さぁ。急ぐぞついてこい」

銀髪女は、ツバサの案内の下《もと》、俺の前を走り出す。

「………………」

俺は一瞬迷ったが。

なんとなく、疑う気になれず、渋々《しぶしぶ》遠ざかっていくその背中を追いかけ始めた。

†

ツバサと銀髪女の道案内は、正確だった。

「ゼェ、ゼェ、ゼェ、ゼェ……」

「ハァ、ハァ、ハァ、ハァ……」

数分後。全力疾走《しっそう》した俺と銀髪女は、無事、地下迷宮を抜け。

青い空の下へ、辿《たど》り着《つ》いていた。

問題は、俺達が何番目に地上に出られたかだが――

ブィイ――！　ブィイ――！

そう思った矢先。タグが二回連続で震えた。

剣精試練《レイダー・ゲーム》【二回戦】突破のお知らせ

おつかれさまでした。

あなたは、与《あた》えられた課題【迷宮からの脱出】を、五〇人の参加者中【二五番目】の早さでクリアしました。

二五番以内の為《ため》、剣精試練《レイダー・ゲーム》二回戦に駒を進めることが出来ます。

【二回戦】は翌日行われる予定です。

詳しい連絡《れんらく》は、後ほど送らせていただきます。ご了承《りょうしょう》ください。

剣精試練《レイダー・ゲーム》委員会

剣精試練《レイダー・ゲーム》【一回戦】終了《しゅうりょう》のお知らせ

おつかれさまでした。

【一回戦】突破の参加者数が【二五名】を越《こ》えましたので、現時刻をもちまして、剣《レイ》精試練《ダー・ゲーム》【一回戦】を終了させて頂きます。

敗退された参加者の方は、ご苦労様でした。また機会がありましたら、よろしくお願い致します。

【二回戦】進出のみなさまは、後ほど送る【二回戦】に関する連絡をお待ち下さい。

剣精試練《レイダー・ゲーム》委員会

「あっぷねぇ……！」

タグを見た俺は、わなないた。

二五番目って……ギリギリじゃないか！

という事は、俺の前にいた銀髪《ぎんぱつ》女が、二四番目だったのか……。

俺は、ちらりと銀髪女の方を見る。

「と、当然の結果だ。私がこんなところで負けるわけもない」

するとタグを見ていた銀髪女は、やや焦りながらそういい、

「そ、そんなことより、明日《あした》だ。明日の剣精試練《レイダー・ゲーム》で、私と決着をつけろ──グレン・ユーク！」

ごまかすように、俺に、そんな約束を迫《せま》ってくる。

「……いいだろう」

まあ、後で決着をつける機会はくれてやるって約束したからな。

俺は、一度約束したことを破るような、ログレスによくいる下らない人間とは違う。

一度決めた約束は必ず守る。

「よし……」

それで、銀髪女は満足したらしい。

「行くぞ、ツバサ!」

颯爽《さっそう》とそう告げ、銀髪女は、足早に、俺の前から去っていった。

で……結局誰だったんだ、あいつは……。

「……ん?」

と。俺は、目の前にいる少女に目を留めた。

黒ずくめのチビ女。影子のツバサ。

ツバサは、銀髪女に呼ばれたにも拘わらず。

それに応《こた》えず、何故か俺の目の前に留《とど》まったまま、じぃ、と俺のことを見つめている。

「………何だ。なんか用か?」

俺はその視線の意図が分からず、つっけんどんにツバサに返した。

「………」

しかしツバサは沈黙《ちんもく》。

「……お前のご主人様。もう行ったぞ？」

「………」

しかしツバサは沈黙。

かと思ったら。

「ん？」

ツバサは、太陽に照らされ生まれた、自分の影《かげ》におもむろに手を突《つ》っ込《こ》むと――

にゅっ。いきなりそこから、大き目のノート――スケッチブックだ。スケッチブックと、
一本のペンを、唐突《とうとつ》に取り出した。

「……はあ？」

何故《なぜ》そんな物をいきなり取り出したのか、一ミリも理解できない俺。

すると、そんな俺の前で。

ガリガリガリガリ――いきなりツバサは、スケッチブックに猛烈《もうれつ》な勢いでペンを走らせ。

何かを書き記す。

あなたに、
聞きたい事が
ある。

そして、書きあがったページを掲《かか》げ、それを俺に見せてきた。

『あなたに、聞きたいことがある』

俺に突きつけられたスケブには——意外とかわいい字でそう書かれていた。

「……は?」

俺はますます困惑《こんわく》。

「いや……いいけど。そのスケッチブックは何だ……?」

俺が聞くと、ツバサは頷《うなず》き、

『私達一族は、基本的に主《あるじ》以外の人間と、声を出しての会話は禁じられている。声を知られ、任務に支障がきたす場合があるから。だから私は、このスケッチブックで会話する』

「あ……あっそう……。好きにしろ」

なんかめんどくさいな、コイツ……。

「で? 聞きたいことって? 何だ?」

聞くと、ツバサは頷き、再びガリガリペンを走らせ。

『あなたは、お姉さまとどういう関係なの?』

最終的に、いきなり、スケブで、そんなことを聞いてきた。はぁ?

お姉さまって……あの銀髪女のことだよな?

「関係って……。いや。それは俺が聞きたいくらいなんだが」

俺は正直にそう答える。だって俺、アイツが誰《だれ》かすら知らないし。

しかしツバサは首を振《ふ》り、

『今日、あなたと対峙《たいじ》していたお姉さまを見て。私の胸は張《は》り裂《さ》けそうになった』

「……は？」

『あんなにイキイキとしたお姉さまを見たのは、初めてだった。恐《おそ》らくあなたとお姉さまは、浅からぬ関係にあるはず』

クソマジメな顔でそういってくるツバサ。

「いや……だから、俺、アイツが誰かも知らないんだけど……」

と、俺は注釈《ちゅうしゃく》を加えたのだが、しかしツバサはまったく聞く耳持たず、

『正直な話……私はあなたが憎《にく》い。暗殺してしまいたいほどに』

いきなり今度は、そんな物騒《ぶっそう》なことをいいだした。はぁ!?

絶句する俺。しかしそんな俺にかまわず、ツバサはさらなるクソマジメな顔で、猛烈に、猛烈にペンを走らせ、

『でも優先すべきは、お姉さまの幸せ。お姉さまの幸せになるのなら。別にお姉さまが、あなたとあんなことやこんなことをしようと構わない』

「だから、あんなこともこんなこともせん！」

いったが、ツバサ、やはり無視。

『ただ、これだけは警告しておく。そして、この先、あなたがお姉さまを泣かせるようなことがあった場合。私はあなたを殺す』

「あ、あ、あのなぁ……」

俺は啞然《あぜん》とした。

『とにかく。警告はしたから』

しかし啞然とする俺に気づくこともなく。ツバサは一方的にそう言い残し、しゅっ。

俺の目の前から、風の様に消える。

「な、なんなんだ……あの妄想《もうそう》暴走女は!?」

一人残された俺は思わず叫ぶ。

だから、俺は別に、あの女と知り合いでもなんでもないし。明日戦ったら、もう一生関《かか》わることもないっての……！

†

なんだか、銀髪女とツバサにいろいろ振り回された気もするが、一応、無事に一回戦を終えたので。俺は自宅に帰る事にする。

遺跡《いせき》の外には、他の参加者達が、やや興奮気味にたむろって残っていた。

勝ち残った奴《やつ》が、同じ境遇《きょうぐう》の人間同士、いろいろ情報交換《こうかん》をしあっているらしい。

（……好きにすればいい）

もちろん他人と関わる気のない俺は、そんな奴らの輪に入る気はないので、さっさと帰って、一人の世界に戻《もど》ってのんびりする事にした。

——のに。

「グレン君！」

その情報交換している輪の中から。

いきなり二つの人影《ひとかげ》が飛び出してきて、俺に声をかけてきた。

「………………」

見ると、そこには、金髪《きんぱつ》青年&黒髪《くろかみ》女性のコンビ。

ライエル・ヒートと、ミザリィ第三王女がそこにいた。

またメンドくさいのが……！

「どうだった？　一回戦、突破《とっぱ》したかい？」

にこやかな笑顔で、馴《な》れ馴れしく俺に近づき、肩《かた》を組みながらライエルはいってくる。

「はあ……まあ」

ものすごくぞんざいな態度で応える俺。

「おお！　そうかそうか！」

しかしライエルはまったく気にせず、嬉《うれ》しそうに俺の肩を叩《たた》き、

「よし、祝杯《しゅくはい》あげに、メシ、じゃなくて、食事でもしにいこうよ！」

「けっこうです」

俺はハッキリ即答《そくとう》する。相手がライエルだろうが関係ない。家に帰ってゆっくりしたい。

「ばかぁ！」

その瞬間《しゅんかん》。いきなり、ライエルの後ろから現れた人影に、俺はいきなり胸ぐらをつかまれた。

見ると、そこにいたのは、カチューシャをはめた、小柄《こがら》な赤髪《あかがみ》の女子。

「あれ？　メグ、お前、なんでこんなところに……？」

「ばか、何いってんのよ！　わたしも昨日、グレンと一緒《いっしょ》に、剣精《レイダー》に選ばれたでしょ！」

「あ……」

そういえばそうだった。すっかり忘れていたが。こいつも、あの赤い大鎌《おおがま》みたいな剣精《レイダー》

を、あのオッサンの店で手に入れたんだった。

「で、ここにいるって事は……お前も剣精試練《レイダー・ゲーム》参加して、一回戦突破したのか？」

「まーね。そんなことよりグレン！」

メグはグッと俺の顔に自分の顔を寄せて、

（あんた、せっかくライエルさんが誘《さそ》ってくれてるのに！　断るってどういう神経してるのよ!?）

小声でそう説教してきた。

（………。お前、ライエルさんと知り合いなの？）

（さっき知り合った。ねぇ、ゴハン連れてってもらおうよ！　国の英雄《えいゆう》だし。グレンと同じ孤児院《こじいん》出身なんだからさ。いろいろ為《ため》になるお話聞けるかもしれないじゃない！　引きこもり解消法とかさ）

（別に引きこもり解消したいなどと俺は思っていない）

俺は、自分の意思でこの世界を拒絶《きょぜつ》してるんだし、引きこもり生活に不満もない。

「グレン」

と、メグの説得を、強行にハネのけていると。

「ライエルと一緒に食事に行ってくれないかしら？」

気持ちは分かるんだけど。今度は、なんと、王女までもが俺の説得を始めた。

「この人、久しぶりに同じような境遇の人に出会えて。いろいろ話したくて仕方ないみたいなのよ」

苦笑しながら、そういう王女。

「…………」

はあ。仕方なく、俺は嘆息《たんそく》する。

「……わかりました」

王女にまでいわれたら、さすがに断れない。

……まぁ、剣精試練《レイダー・ゲーム》的にも、この二人を味方にしておくのは、そんなに悪いことじゃないだろうし。そう割りきって、食事くらい付き合っておくか……。

「よし！　それじゃ、行こうぜ！」

ライエルが意気揚々《いきようよう》と歩き出す。

俺は仕方なく、ダラダラとその背中を追った。

†

「うおー！」

上がったのは、ライエルの感嘆《かんたん》の声。

「久しぶりに庶民《しょみん》メシだぁ！」

いいながらライエルは、机に置かれていた、カツ丼《どん》、ニラレバ、チャーハンを、感動の眼差《まなざ》しで見やり。

「んじゃ、一回戦突破の打ち上げやんぞ！　いただきます！」

「……いただきます」

その号令と共に。ライエルはその三品、カツ丼、ニラレバ、チャーハンを、一人でローテーションしながらガツガツ食い始めた。……どんだけ一人で食うんだよ。

「はい。グレン、ヒヤヤッコ定食だっけ？」

いいながら、俺のテーブルにことん、と冷奴《ひややっこ》定食を置いたのは、三角巾《さんかくきん》にエプロン姿のメグ。

「……どうも」

ここはメグの実家の食堂で。

俺とライエルとメグは、ここで昼食を取ることにしたのだ。

食堂は、まだ開店時間を過ぎたばかり、昼時には少し時間があるので、ほどよく空《す》いている。

「よっこいしょ」

と。とかいいながら、メグが、俺の隣《となり》に座《すわ》った。

「……お前、仕事は？」

「いいわよ。まだぜんぜん空いてるんだから。ライエルさん。うちのゴハン、どーですか？」

にこにこしながら、ライエルに感想を求めるメグ。

「うめぇ！　いや、やっぱ、普段《ふだん》宮廷《きゅうてい》料理みてぇなお上品なモンばっか食わされてっから……こういうのに、マジ飢《う》えてたんだよ」

ガツガツと口の中に流し込む様に、チャーハン等をたいらげていくライエル。

……品のない食い方すんなぁ。王女がいたら、また《お仕置き》だっただろう。

ちなみに王女は、この場にいない。

城から呼び出しがあったとかで、さっき一人寂《さび》しく帰っていった。実はライエルの他にも、一般《いっぱん》人に混じって、かなりの護衛がうろついているので（本人達は、ライエルが気づいていると、気づいていないらしいが）。けっこう二人は、別行動しても問題ないらしい。

ライエルは今、しつけをする人間が不在で礼儀《れいぎ》を気にしないでいい自由を満喫《まんきつ》しているのか、ご機嫌《きげん》だった。最初会った時の優男のイメージは今はみじんもない。

「グレン。お前、冷奴なんかじゃなくて。もっと、身体《からだ》に火が入るよーなモン、食えよ。若いんだから」

ガツガツ食いながら、俺にいってくるライエル。

「……いいでしょ。好きなんだから」

俺はライエルの忠告を無視して、ちびちび冷奴を食べる。

「フン……」

そんな俺を見て。ライエルはニヤリと笑った。

「いいねぇ……生意気で。その、トンガった感じを持っててこそ、孤児《こじ》だよ」

……どうやらこの人には、無愛想に接すれば接するほど、何故か何かを勘違《かんちが》いされて評価が高くなってしまうらしい。正直、俺には孤児の矜持《きょうじ》など、まったく持ち合わせていないのだが……。

「お前みたいのが、傭兵騎士《ようへいきし》団入ってくれりゃ、ちっとは面白《おもしろ》くなるんだけどなぁ。……お前、プロにはなる気ねーの？」

と、聞いてくるライエル。

「いえ……傭学中退してるんで」

当たり前だが、俺も傭兵学校に通ってたぐらいだから、かつてはログレスの傭兵騎士団に入るつもりで過ごしていた。

が、例の遺産問題等で学校を中退したので。その夢はほぼ途切《とぎ》れていた。

傭学を卒業しないと、職業傭兵になるかどうかのプロ試験すら、受けられない。

「ちょっとは面白くなるって……ライエルさん。傭兵騎士団って、つまんないんですか？」

聞いたのは、メグ。

ちなみに、どうでもいい話だが、メグも俺と同じ孤児院出身の孤児（つまりこの家には養子で入っている）なので、必然、一瞬でライエルのお気に入りになっている。

「うーん。やっぱ、裏町出は少ないし……特に俺とか孤児だから……馴染《なじ》めねぇ部分があるのは確かだな」

「確かライエルさんて。ミザ王女様の指名を受けて、傭兵騎士団入って、王族護衛《ロイヤル・ガード》に選ばれたんですよね？」

興味津々に聞くメグ。

「ああ。だから……俺は奴に逆らえねぇのさ。なんせ俺、傭学に通う資金とかも、当時アイツに出してもらってたからな」

「へぇえ」

「礼儀とかいちいちうるせぇし、たまに脱走《だっそう》したくなるけどな……」

はぁ、と嘆息しながらボヤくライエル。

それを聞いたメグは。少し緊張《きんちょう》した表情で、さらに聞く。

「あのぉ……ひとつ聞いてみたかったんですけど。ライエルさんとミザ王女様って、その……お付き合いとかされてるんですか？」

「はあぁ？」

ライエルは目を丸くした。

「んなわけねぇだろ。どんだけ生まれ違うと思ってるんだ……」

「で、でも！　王女様、一緒にいる時凄《すご》いリラックスした感じだったし。お二人がカップルになったら、私、すごい素敵《すてき》だと思うんですけど！」

（確かに……）

ヒヤヤッコを食いながら、俺も心の中でそれには同意した。

孤児院出身の傭兵が、王女の心を射止める。……たまにはそんなドラマ、あったってバチは当たらないと思う。

が。ライエルは盛大《せいだい》に苦笑《くしょう》。

「メグだっけか？　世の中、そんなに甘《あま》くはねぇんだよ。メグは再来月には、王が選んだ貴族と結婚《けっこん》しちまうしな」

「え……」

そんな情報を聞いたこともなかった俺とメグは、一瞬固まった。

「そ……そうなんですか？」

「そうなんだよ。ま……アイツ結婚したら、俺なんか用済みになるだろうし。だから新天地——国外にさっさと出る為、剣精試練《レイダー・ゲーム》に参加してんのさ。俺は」

どことなく寂しそうに呟《つぶや》くライエル。

そんなライエルを見て、俺とメグは顔を見合わせた。

この様子からすると。やっぱりライエル、王女のことが好きは好きなんじゃないのか……？

身分の差がそれを許さないだけで。

俺は意外に思えた。ライエルとか、こういう豪胆《ごうたん》な人には、悩《なや》みなんかないんだと思ってたけど……やはりこんな人でも、悩みとかあるもんなんだなぁ……。

「あぁー、食った食った」

そしてカツ丼とニラレバとチャーハンをぺろりと食い終わったライエルは、満足そうに立ち上がる。

「んじゃ俺は、公務あるし、そろそろ行くわ。今度はゆっくり、夜に飲みに行こうぜ」

ぽん、と俺の肩《かた》を叩《たた》きながら、ライエル。

「まぁ……気がむいたら」

どーも話を聞く限り、この人も、けっこう苦労してるみたいだし……。

まぁ……また話を聞くぐらいなら、別にしてやってもいい。

俺のそんな態度に、ライエルは苦笑。

「ほんとお前可愛《かわい》げねぇな。ま、よろしく頼《たの》むわ。じゃあな」

それだけ言い残し。ライエルは俺達のテーブルから去っていった。

シナリオⅢ・二回戦

ライエルさん達との打ち上げを終え、昼下がりに帰宅し。

ベッドの上でぼんやりしているうちに、少し眠《ねむ》ってしまっていたらしい。

目を覚ますと窓から入ってきていた日差しは消えうせ、窓の外に夜闇《やみ》が広がっていた。

「あ。お起きですか？」

と。その瞬間《しゅんかん》、真横——テーブルの方から女の声が聞こえ、俺は一瞬ギョッとした。

そこにいたのは、猫《ねこ》耳メイド美少女人形。オブシディアン。

ああ……そういえば……。寝《ね》ぼけた頭で思い出す。この家に、現在居候《いそうろう》がいたという事を。

「ん？」

と。——俺はふと、部屋にいい匂《にお》いが漂《ただよ》ってることに気づき。

そして、その匂いが、ディアの立っているテーブルの方から漂っていることにも気づいた。

テーブルの上には、スープや、サラダ、ハンバーグ等、妙《みょう》に家庭的な料理が並べられていた。

「？　なんだそれは？」

「あ、あの……」

恐《おそ》る恐る、な様子で答えるディア。

「その。わたくし、タダで居候させてもらうのも、あつかましいですし。せめてお料理作らせてもらおうと思ってつくったんですけど……ダメでしょうか？」

「………」

なんとなく、まだ寝ぼけた頭のままだったが。

微妙《びみょう》に小腹も空いていたので。俺は試《ため》しに、ディアが作ったスープを口に含《ふく》んでみた。

「………！」

一瞬で目が覚めた。

「……美味《うま》いじゃないか」

予想外。

どんくさそうな雰囲気《ふんいき》にも拘《かか》わらず。ディアが作ったコンソメスープは、素朴《そぼく》なつくりだが、ほどよい甘みがあり、ちょうど俺好みの味付けになっていた。

「えへへ。わたくし、一応、この一年で家事の訓練もしておりますから。お料理だけは出来るんです」

嬉《うれ》しそうに、そしてやや照れくさそうにそういってくるディア。

「どうです？　わたくし、これで、ご主人様の相棒になれませんか⁉」

さらにディアは、期待に満ちた目で、俺を見つめながらそういってきた。

「む……」

あまりの美味さに、俺は一瞬迷ったが、

「いや……まだまだだ。料理が美味いくらいじゃ。お前を信用して、相棒と認めるわけにはいかない。せいぜい……相棒ポイントに、プラス一ってところだな」

「えぇ⁉　じゃ、じゃあ、相棒に正式に昇格《しょうかく》するには、何ポイントいるんでございますか？」

「ん？　まぁ……二〇万ポイントくらいじゃないか？」

超《ちょう》適当に俺。

「二〇万ですか⁉　そ、そんなぁ……」

しかしディアは、その適当な発言を真に受けたらしい。

ガックリ肩を落とす。

——が。

「でも……がんばれば、どこかで一気に相棒ポイント稼《かせ》げるかもしれないし。望みはゼロじゃないですよね!?」

二秒後には、ディアは力強い笑顔と共に立ち直る。

「というか。なんでお前、俺の相棒なんてしょーもない肩書《かたが》きが、そんな欲しいんだ……?」

俺は今度はハンバーグを食べながら、呆《あき》れた様にディアに聞いた。

「いわなくてもわかってると思うが。俺は引きこもりだし、人に優《やさ》しくも出来ないし、お得度ゼロの物件だぞ……? 別に相棒同士にならなくても、俺は自分の為《ため》に、剣精試練《レイダー・ゲーム》に手は抜《ぬ》かないし。別に相棒のポジションにこだわらなくても割り切って組めば……」

「そ、それはイヤでございます!」

と。俺の言葉を遮《さえぎ》るように、ディアは、存外必死な口調でそう返してきた。

「わたくしは、生まれてから一年。ずっと昨日まで、一人ぼっちだったんです。月に何度か天界と通信はしますけど、それは声だけですし。わたくし、物凄《ものすご》く寂《さび》しかったんです。その間。わたくしは、ずっと自分の主《あるじ》がどんな方なのか想像して、その方に信頼《しんらい》される相棒になることだけを夢見ていました。だから、そんな、割り切ってとかじゃなくて……本当に、心からのご主人様の相棒に、わたくしはなりたいのです！」

懸命な声で訴《うった》えかけてくるディア。

「……そんなに一人は寂しかったか？」

俺は不思議に思い、聞いた。

「はい」

「そうか。……でも人は、案外一人でも生きていけるぞ？」

「そうですね……。わたくしは人じゃありませんけど。なんとなく、いわんとしてることはわかりますです」

顎《あご》の下に指をあて、考えるようにしながら、ディア。

「でも、わたくしは、ただ生きたいだけじゃないんです。楽しく、生きたいんです。楽しく生きるには……やっぱり一人ぼっちじゃ限界がありますよ」

「ふん……それはどうかな」

俺は鼻で笑った。

そんなもの、心の弱い奴がいう言葉だ。

俺は別に一人でも、この一年、楽しく……生きてきたし。

この先も、一人で生きていける。

ただ。

「だってご主人様。ご飯だって、一人で食べるより、みんなで食べたほうが、美味《おい》しくないですか？」

「………」

悔《くや》しいかな、その言葉には、俺は反論の言葉を見つけられなかった。……美味いし。

†

【二回戦】開催《かいさい》のお知らせ

みなさま、昨日は剣精試練《レイダー・ゲーム》【一回戦】おつかれさまでした。

本日も、引き続き剣精試練《レイダー・ゲーム》【二回戦】を開催させて頂きたいと思います。

試練開始時刻は、昨日と同じく、午前九時。

地図を添付《てんぷ》しますので、参加者のみなさま方は、午前九時までに、指定の地点へお越《こ》し下さい。

尚《なお》、一回戦と同じく遅刻《ちこく》、欠席は、辞退扱《あつか》いとなります。ご了承《りようしよう》くださいませ。

剣精試練《レイダー・ゲーム》委員会

タグにこの知らせが入ってきたのは、一回戦があった日の、翌朝だった。

「……二回戦か」

地図を見る限り、二回戦の会場は。

どうやらログレス郊外《こうがい》にある、巨大《きょだい》針葉樹の森で行われるらしい。

というわけで、俺は今日も二回戦の会場に向かいながら。ディアと雑談していた。

「二回戦で、何人まで減るんだろうな……？」

「やっぱり、また半分くらいに減るんじゃないでしょうか……？」

「ってことは、五〇→二五→一二……で、一二人くらいか……！」

たった二日で、もう四分の一程度に参加者絞《しぼ》られるわけか……。

歩きながら周囲を見渡《みわた》すと、同じ方向へ進む、その参加者の姿をちらほらと発見出来た。

こんな時間に郊外へ向かってるってことは、恐らく、ほぼ全員、剣精試練《レイダー・ゲーム》参加者だろう。

「ふざけるなっ！」

と、そんな時だった。

俺の少し後ろから、だしぬけにそんなヒステリックな声が聞こえてきた。

「んん……？」

俺は思わずそちらに視線を向ける。

すると、そこにいたのは、身なりのいい、紫髪《むらさきがみ》にメガネをかけた、貴族風の男と。

金髪碧眼《きんぱつへきがん》の、お人好《よ》しそうな顔をした男。

「あ……」

俺は思わず小さく声をあげた。

そこにいた一方は、昨日昼飯を一緒《いっしょ》に食べた。ライエル・ヒートだった。

どうも状況《じょうきょう》を見るに、ライエルは、もう一方——メガネの男に、何故《なぜ》か激しく罵《ののし》られているらしい。

「調子に乗るなよこの野良犬が！」

「や、やだな。僕は調子になんかノッてませんよ？」

「そういう態度が馬鹿《ばか》にしてるってんだよ。僕達はお前の本性《ほんしょう》を知ってるし。いっとくけど、傭兵騎士《ようへいきし》団の人間は、誰一人《だれひとり》お前のこと認めてないからな」

「…………」

ライエルは、笑顔のまま沈黙《ちんもく》。

それを見たメガネの男はますます不愉快《ふゆかい》げに顔を歪《ゆが》める。

「チッ……。まぁいい。もし剣精試練《レイダー・ゲーム》で接触《エンカウント》したら見てろよ。僕の剣精《レイダー》は特別なんだ。お前なんか秒殺してやるよ」

そう吐《は》き捨《す》て。メガネの男は、森の方へ去っていった。

「……ライエルさん」

なんとなく、見て見ぬフリも気まずいので。俺は残されたライエルに声をかける。

「お、グレン。おはようさん。見てたのか？」

「はい。……なんなんです、あの人は？」

ライエルは、苦笑《くしょう》。

「昨日、ミザが再来月結婚《けっこん》するっていったろ？」

「はい」

「その結婚相手さ」

「えぇっ⁉」

俺は思わず去っていったメガネ男の方を見た。男は、苛立《いらだ》たしげな早歩きで、ぐんぐん俺達から遠ざかっていく。

「ザザン・ビークっていって……傭兵騎士団のエース的な存在なんだけど。自分じゃなく、俺がミザの王族護衛《ロイヤル・ガード》になっちまったから、それ以降俺のこと逆恨《さかうら》みして、いろいろ嫌《いや》がらせしてくんだ」

「……くだらないですね」

「まったくだ」

しみじみ呟《つぶや》くライエル。

「そういえば……その王女はどうしたんですか？」

俺はふと気づいて聞いた。昨日は大会時一緒にいたミザ王女が、ライエルの傍《かたわ》らにいない。

「今日は一人で戦って、他の参加者の実力みたいんだと」

嘆息《たんそく》まじりにいうライエル。

「え……？　他の参加者の実力ですか？」

「ああ。アイツ、一見、おっとりした雰囲気《ふんいき》の女だけど、けっこう、中身は野心的な女でさ。将来、ログレス初の《女王》になる為に。自分が自由に動かせる戦力を、今のうちから集めるのが趣味《しゅみ》なんだよ」

「えぇぇ……？」

それは――確かに、意外と野心的な野望だな。

「お前の名前を知ってたのも、その趣味が高じてなんだぜ。アイツ、傭学の生徒のデータもほとんど取り寄せて、めぼしいのはチェックしてるからな」

「な……なるほど……」

そういうカラクリだったのか……。

などと喋《しゃべ》っているうちに。俺達は、地図が指し示す試合会場――大針葉樹林の前に辿《たど》り着《つ》いていた。

「うし。んじゃ、ここからは別々に行くか」

「はい」

「頑張《がんば》れよグレン。お互《たが》い勝ち残ったら。今日もメシ食いにいこうぜ！」

「またですか……？」

俺はやや嫌そうな声を出した。

まぁ、でも、また付き合うと、昨日うかつにも約束してしまったからな……。

「……まぁいいですけど……」

「よし……約束だからな」

「はぁ」

「それじゃ行くぞ！」

俺達は約束をかわし。

そして、別々の方向へ、森の中へ進み始めた。

†

タグが震《ふる》えたのは。俺が森へ足を踏《ふ》み入れてから、ほどなくのことだった。


【二回戦開始】

只今《ただいま》をもちまして、予定時刻となりましたので、剣精試練《レイダー・ゲーム》二回戦を開催致《かいさいいた》します。

二回戦は、参加者同士、【勝《か》ち抜《ぬ》け方式】で戦闘《せんとう》を行ってもらい、その戦闘力をテストさせていただきます。

他の参加者と戦い、剣精《レイダー》を破壊《はかい》すれば、その参加者は勝ち抜け。準決勝進出です。

その方式で、二回戦は準決勝進出者が【一〇名】決定した時点で、終了《しゅうりょう》となります。

二回戦終了時、自分の剣精《レイダー》が無事でも、その【一〇名】に入っていない場合失格となりますので、ご注意ください。

剣精試練《レイダー・ゲーム》委員会

「他の剣精《レイダー》を倒《たお》した奴《やつ》から準決勝進出……！」

一回戦とはうってかわって、今度は完全に戦闘能力重視の内容だな。

ただ、時間制限があることは変わらない。一〇名しか合格者出ないなら、一回戦みたいにまごまごしてる間にあっという間に終わってしまいそうだ。

「ベストはあの銀髪《ぎんぱつ》女と戦うことだが……」

俺は呟いた。あいつとは、今日決着をつける約束をかわしている。

が、このクソ広い森で、最初にアイツと接触《エンカウント》出来るとは到底《とうてい》思えない。贅沢《ぜいたく》いってる場合じゃないかもな……！

「とりあえず、誰でもいいから、他の参加者を探すか……」

俺は、森の中を走り出した。

†

が。

「くそ……やみくもに探しても、そう簡単には見つからんか……？」

他の参加者を探し始めてから一〇分程《ほど》が経《た》ったが。俺はまだ、他の参加者を見つけられていなかった。

周囲の、巨大《きょだい》な針葉樹が乱立し、薄暗《うすぐら》い巨大な森を見渡す。

この森は広い。恐《おそ》らく、昨日の遺跡《いせき》よりも。

このままアテもなく彷徨《さまよ》ってちゃダメか……？

でも、だったら、どうやって《他の参加者》と接触《エンカウント》する――？

思考の海に潜《もぐ》りかける俺。

が――その瞬間《しゅんかん》だった。

《ご主人様!!》

脳内に、いきなりディアの鋭《するど》い声。

ほぼそれと同時に、俺は反射的に自分の身に危険を感じ、

「くっ!?」

よくわからないままがむしゃらに、慌《あわ》てて右へ飛んだ！

その刹那《せつな》。ズガンッ！　俺がたった今まで立っていた位置に、《白い雷《かみなり》の矢》の様な物体が突《つ》き刺さり、
ドォンッ！　次いでその矢が白く発光、周囲の地面を抉《えぐ》り取って爆発《ばくはつ》した！

「うおおお!?　な、なんだ!?」

爆発する矢……!?　剣精《レイダー》の能力か!?

爆風《ばくふう》の中、俺は慌てて、注意深く周囲を見渡《みわた》す。

「あ」

そして——その瞬間。

俺は、自分が既《すで》に敵と接触《エンカウント》していたことに気がついた。

俺の傍らに立っている針葉樹の枝に。

一人の、ピンク髪《がみ》の少女、が立っていた。

身長は、一五〇センチもないだろうか……。

そんな子供の様な体躯《たいく》をしているクセに、くたびれたブカブカの白衣の様な服をはためかせ、口元に煙草《たばこ》を銜《くわ》えている、目つきの悪いチビ女……。

また新キャラの登場か……！　俺はうんざりとタメ息をついた。もう他人と関《かか》わりたくないのに。この試練に参加していると、どうしても次々と、妙《みょう》な奴と関わることになってしまうらしい……。

「へぇ……『雷剣《スピネル》』の一撃《いちげき》をかわすか。なかなかやるじゃねぇか、テメェ」

そしてそのチビ女は、枝の上で、俺を嘗《な》め回すように見ながら、そんなことをいい。

ぷっ、と煙草を吐《は》き捨《す》てた後、すたん。俺から少し離《はな》れた場所に着地した。

「聞くまでもないと思うが……お前、剣精試練《レイダー・ゲーム》の参加者だな？」

俺は隙《すき》なく、その少女に聞いた。

「ああ。アタシの名は、カレン・マクドガル。――《剣聖《けんせい》》だ」

じゃっきつ。背中から金色の剣――恐らくさっき雷の矢を出した剣精《レイダー》『雷剣《スピネル》』とやらを取り出し、構えながら女はそういってくる。

「《剣聖》……？」

「そう。アタシはただひたすら毎日、剣の道を極《きわ》めることだけを考え、修行《しゅぎょう》していた。その結果、いつの間にか、剣に関してはライエル・ヒートをも凌《しの》ぐエキスパートという意味で――《剣聖》と字《あざな》されるようになっていたんだ」

「な……マジか？」

ライエル・ヒートより強いとなると……それ、相当のバケモノじゃないか⁉

そんな女が、じりじりと俺との距離《きょり》をつめながら、

「当然、剣精試練《レイダー・ゲーム》でも、アタシは剣にしか興味はねぇ。つーわけで、剣型の剣精《レイダー》使いが現れるんのをずっと待ってたんだ。ようやく現れてくれたな」

俺の右手の中のオブシディアンを見ながら、ニッと不敵に笑う、剣聖カレン。

俺は、直感していた。

この女。タダモノではない。

《ど、どうされるんですか？　ご主人様》

そして俺と同じく、敵のただならぬオーラに圧《お》されているのか、若干《じゃっかん》心配気味にディアが聞いてきた。

「……やるしかないだろう」

恐らく、二回戦に残された時間は、もうそれほど残っていない。

ここで戦闘機会を逃《のが》して、次またすぐに他の参加者が見つかるという保証もどこにもなかった。

至高の四本《エントリーフォー》に残る為《ため》には——ここでこの女を倒すしかない。

俺も大量の冷《ひ》や汗《あせ》をかきながら、オブシディアンを構え、戦闘態勢に入った。

(気圧されるな……！)

もちろん、俺がライエル・ヒートより強い剣使いに勝てる確率は低い。

が、これでも、俺だって剣の使い手だ。

オブシディアンの能力も考慮《こうりよ》し、活路を見出せば、勝てる可能性も決してゼロじゃないハズ……！

「いい構えだ。楽しい勝負にしよう」

カレンは嗤《わら》い。雷の剣を振《ふ》り上げ、俺に向かって襲《おそ》い掛《か》かってくる！

俺の氷の剣と、カレンの雷の剣が、森の中で激突《げきとつ》！

そして——！

剣精試練《レイダー・ゲーム》【二回戦】終了のお知らせ

おつかれさまでした。

只今九時三五分をもちまして、準決勝進出者【一〇名】が決定致《いた》しましたので、剣《レイ》精試練《ダー・ゲーム》二回戦を終了させていただきます。

合格者は、以下の一〇名。

ライエル・ヒート／ミザリィ・ログレス／ザザン・ビーク／デルフォイ・ロン／メグ・ローズハート／ローズ・リンド／ツバサ・クロクワ／エリン・コール／サイラ・ローグ／グレン・ユーク

尚《なお》、この連絡《れんらく》を受けている方は、全員【二回戦突破《とっぱ》】となります。

おめでとうございます。翌日の【準決勝】にお進み下さい。

【準決勝】に関する連絡は、後ほど送らせていただきます。ご了承《りょうしょう》ください。

剣精試練《レイダー・ゲーム》委員会

二回戦を終え、森を出ると。

タグにそんな文章が浮《う》かび上がっていた。

「グレぇえん！」

そして、正面から声。現れたのは、メグだった。

「よかった！　グレンも通過したんだ！」

「ああ……順番を見ると、一〇番目だし、またけっこうギリギリだったみたいだけどな」

「ねぇ、誰《だれ》と戦ったの？　強かった？」

「え？　あ、あぁ。それが……」

と、俺がどう説明しようか言いよどんだ時。

「うぇぇぇぇぇぇぇぇぇぇぇぇえん！」

俺の隣《となり》を、身長一五〇センチくらいのピンク髪の女が、人目もはばからず号泣《ごうきゅう》しながら通り過ぎていく。

「うぇぇぇぇん！　負けだぁ！　アタシ、剣聖なのに！　パパにお前すごいなまるで剣聖だっていわれたのに負けだぁぁぁ！」

トボトボと遠ざかっていく女。

「なんか……可哀《かわい》そうですね」

それを見送りながら、ディアが同情するようにいっているが、

「いや……っていわれてもな……」

俺はぼりぼり頭をかいて途方《とほう》に暮れた。

いや……あの後。俺と、剣聖カレンは、剣を交えたのだが。

ぶっちゃけ――

正直――

ハッキリいって――……

雰囲気《ふんいき》のワリに、カレン・マクドガルはあまり強くはなかった。

つーかザコだった。

傭兵《ようへい》学校一年生より弱かった。

勝負は一秒で終わった。

タバコ吸ってたけど、ただのコドモだった。

「でもあの子。この敗戦を糧《かて》に強くなって、またご主人様の前に現れますよ。きっと……」

（いや……）

俺は確信していた。

アイツは一発屋キャラだから、たぶんもう、二度と出てこないと思う……。

（そういえば……）

俺は、ふと思い出した。

あの銀髪《ぎんぱつ》女は、今日、勝ち残ったろうか？　周囲を見渡《みわた》す限《かぎ》り、姿は見えないが……。

準決勝進出者の名前はタグに記されているが。俺はあいつの名前を知らないので分からない。

結局、今日もまた決着をつけられなかったから、出来れば向こうにも残っててもらって、きっちり準決勝、もしくは決勝ででも、決着をつけたいところなんだがな……。

「そういえばグレン。これ、気づいた？」

と、俺が例の銀髪女について思慮《しりょ》していると。

唐突《とうとつ》にメグが、何かを思い出したように、俺にタグを見せてきた。

「ん？　気づいたって……なにがだ？」

「準決勝進出者の中に。ローズの名前あるのよ」

「何ぃ……!?」

俺は少なからず驚《おどろ》きながら声を漏《も》らした。

ローズというのは、フルネーム、ローズ・リンド。

俺やメグと、傭学で同期だった男で。当時は、俺ともメグとも、けっこう仲良くしていた奴《やつ》の名前だ。

ただ、数年前、俺が庸学を辞《や》めるより早く、突然《とつぜん》理由も告げずに辞めてしまったので、けっこうな期間会ってはいない。会わなくなったのは、一三歳《さい》くらいだったから……今ではけっこう、容姿も変わっているかもしれない。

しかし、ローズまでいるとなると……。
①ライエル・ヒート。
②ミザリィ・ログレス。

③ザザン・ビーク。
④ローズ・リンド。
⑤ツバサ・クロクワ。（コイツもどうやら試練《ゲーム》参加者だったらしい）
⑥メグ・ローズハート。
⑦例の、何故《なぜ》か俺を逆恨《さかうら》みしていたあの女。
至高の四本《エントリーフォー》に残れるのは、四人。後はすべて脱落《だつらく》する。

この濃《こ》いメンツの中で、俺ベスト四まで残れるのか……!?

「おーい！　グレン君！」

と、準決勝以降の展望を考えていると。昨日とまったく同じパターンで、ライエルと、王女がこっちにやってきた。

「どうやら君も勝ったみたいだね。さあ、約束通り、食事に行こう」

「今日は私も行くからね」

王女も嬉《うれ》しそうにいってくる。

（まぁ……いいか？）

俺は諦《あきら》めたように一人ごちた。

少なくとも、昨日、今日の間では。

ライエル、王女、そして、メグに。俺は傷つけられるようなことはされていない。

この三人を全面的に信用するわけじゃないが、メシくらいなら、行ってやってもいいか

……。

こうして俺は、剣精試練《レイダー・ゲーム》二回戦も、他の連中と共に順調に突破する。

この先待ち構えている過酷《かこく》な運命に気づきもせずに。

幕間

八つの人影《ひとかげ》が集まっている、奇妙《きみょう》な造りの部屋の中は、異様な熱気に包まれていた。

「いやぁ、二回戦も、面白《おもしろ》かったですねぇ」

八人の中で、一番年老いた風貌《ふうぼう》の男が、隣の部屋で淹《い》れた八人分のお茶を全員に配りながら、朗《ほが》らかな調子でいう。

「しっかし、自分でシナリオ書いといてなんだけど。アイツらって、ばかよねぇ」

そのお茶を受け取りながら笑ったのは、小悪魔《こあくま》の様な顔立ちの小柄《こがら》な女。

「剣精試練《レイダー・ゲーム》って。剣精試練《レイダー・ゲーム》委員会って。んなウソくさい大会、あるわけないっつーの」

「主催者《しゅさいしゃ》がいうな！」

どっ。八人に笑いが起こる。

「さ。まぁ、この調子で、準決勝もやっちまうか。全員、問題ねーよな？」

イガグリ頭の少年が、全員に確認《かくにん》する。全員が頷《うなず》く。

「よし。んじゃ、準決勝を──」

が。その時だった。

「し、ししし、失礼します！」

突然、八人のいる部屋の扉《とびら》が横滑《よこすべ》りに開き。

部屋に、血相を変えた、いかにも愚鈍《ぐどん》そうな大男が飛び込んできた。

「……何の用だ」

全員の視線が、冷たく、その大男を出迎《でむか》える。

「この部屋には、緊急《きんきゆう》時以外来るなと何度も言い聞かしたハズだが？」

「い、いえ、あの。それが、緊急事態でして……」

「……なら早く用件をいえ」

「は、はい。それが。どうやら、ここと地上の通信を妨害《ぼうがい》する輩《やから》が現れた様でして……」

「はあ？」

その言葉に。室内の八人は、眉《まゆ》をひそめた。

「……そんなわけがないだろう。そんなことを出来る奴が、いるハズがない」

「そ、それが──生体反応を解析《かいせき》しましたところ。通信を妨害しているのは、どうやら第七ピリオドの人間の様でして──」

八人の顔色が。
一様に醜《みにく》く歪《ゆが》む。

シナリオⅣ・剣精試練崩壊《レイダー・ゲームほうかい》

「しっかし、ほんとにどうしちまったんだろうな。剣精試練《レイダー・ゲーム》の奴は……」

頬杖《ほおづえ》をつきながら、けだるそうに骨付き肉を食いつつ呟《つぶや》いたのは、俺の正面に座《すわ》っているライエル・ヒート。

「ラ・イ・エ・ル。言葉遣《ことばづか》い」

すると即座《そくざ》に、隣《となり》のミザ王女が注意している。

「う……。い、今くらいいいじゃねぇか。こういう場所なんだし」

「……………ならせめて頬杖をやめなさい。みっともないから」

「へーい」

一応姿勢を正す、ライエル・ヒート。

「でも、ほんとナゾですね……今日でどれくらい経《た》ちましたっけ??」

聞いたのは、俺の隣に座っているメグ。

「一、〇、日」

王女、即答《そくとう》。

「タグに剣精試練《レイダー・ゲーム》に関する連絡《れんらく》が来なくなってから。今日で一〇日が経過したわ」

その王女の回答に。メグとライエルは、うーむと意味もなく唸《うな》っている。

王女のいう通り。

トントン拍子《びょうし》で二回戦まで消化した剣精試練《レイダー・ゲーム》が、突如《とつじょ》、何の前触《まえぶ》れもなく中断されてしまったのは、一〇日前のことだった。

本当に、何の前触れもなかった。

二回戦終了《しゅうりょう》の、あの準決勝参加者一〇名の名前が載《の》った文章が届いてから、パタリと何の連絡も来なくなり。そのままあれよあれよというちに、一〇日後の今日を迎《むか》えている。

この事態は、剣精《レイダー》達にとっても予想外の事態らしく、ディアにも、こういう状況《じょうきょう》になった経緯《けいい》は、まったくわからないらしい。

ライエルさん達の剣精《レイダー》も、何も知らないというので。

現状、俺達は剣精試練《レイダー・ゲーム》に関して、どうすることも、何の動きをとることも出来ないでいた。

にも拘《かか》わらず、俺達はこんな場所——裏町の安居酒屋——でガン首揃《そろ》えて、意味もなくグダグダと喋《しゃべ》っている。

それは何故か？

答えは単純に、庶民《しょみん》の味にありつきたいライエルが、連日「剣精試練《レイダー・ゲーム》について考える」という名目の下《もと》、俺達を招集し、飲み会を企画《きかく》しまくっているからである。

俺は面倒《めんどう》だし、過去の経験が、「あまりこの三人を信用しないほうがいい」と俺に警鐘《けいしょう》を鳴らしてくるので、この飲み会、あまり参加したくはないのだが。

何故か、強く断ることも出来ず……

結局、俺も連日皆勤《かいきん》賞で、このメンバーの飲み会に、ズルズルと参加しているのであった。

†

その後も、剣精試練《レイダー・ゲーム》はまったく再開される気配がないまま。

また一週間、また一週間と、時間だけが淡々《たんたん》と過ぎていく。

その間やってることといえば、結局、ライエル達とダべっているだけであった。

「グレン。ありがとうね」

そんなある日。

店を出て、毎度解散する場所までの僅《わず》かな道すがら。

一瞬《いっしゅん》、ライエル＆メグペアと、俺とミザ王女ペアという状況になった時を見計らって、いきなりミザ王女が、俺に礼をいってきた事があった。

「は……？　ありがとう、とは？」

わけが分からず聞き返す俺。

「ライエルに毎日付き合ってくれて。あの人、子供みたいだから、付き合うだけでも、けっこう大変でしょ？」

「い、いえ……そんなことは……」

ないわけでもないが。さすがにそう答えるわけにもいかず、お茶を濁《にご》す俺。

王女は苦笑《くしょう》し、

「ライエルって、孤児《こじ》だし、性格あんなだし、しかも私のお気に入りだしで。王城じゃ、けっこう浮《う》いてるの。だから、グレンとかメグとか、話聞いてくれる人が見つかって、嬉しくてしょうがないみたいね。まぁ、そろそろ、出来るだけ自重するようにいっておくから。許してあげてね」

「は……はい。わかりました」

王女には、逆らえず、俺。

ま、許すもクソも。別に俺、ライエルさんに、怒《おこ》ってはないしな。ただ若干疲《じゃっかんつか》れるだけで。

でも、それだけライエルさんのことよく見てるなんて……やっぱりライエルさんのこと、特別大切に思ってるんだな、王女って……。

「あの……王女。ひとつ聞いていいですか？」

さしでがましいとは分かってるが。俺は聞かずにいられなかったので、そう聞いた。

「？　なにかしら？」

「あの……近いうちに、ザザンさんでしたっけ？　貴族の方と結婚《けっこん》されるというのは、本当なんですか？」

「ええ。本当よ」

「ライエルさんじゃダメなんですか？」

別にそんなにライエルをフォローする理由もないのだが……王女が結婚したら、自分なんか用済みだといっていたライエルの様子を思い出し、俺は思わずいってしまう。

「ダメ」

しかし王女は即答した。

「というより、私がよくても、この国が許さないでしょうね。裏町出身の人間を王族に入れる風習は、今の王城にはないし」

「そ……そうですか……」

やはり、王城の風習等は、そう簡単に変えられるものじゃないのか……。

わかってはいたが。やはり俺は、多少落胆《らくたん》してしまった。

やはりこの世界は、くだらない……。

「あら。落胆するのは早いわよ。グレン」

しかし、そんな落胆する俺に。王女は柔《やわ》らかく笑いかけてきた。

「一緒《いっしょ》になれないのは、この国にいるからで。よその国に行けば、なんとかなるかもしれないでしょ?」

「あ……！」

俺は目を見開いた。

剣精試練《レイダー・ゲーム》の賞品。

それは、黒のオーロラの外へ出られること。

「と、ということは……？」

王女は頷き、

「わたしは、剣精試練《レイダー・ゲーム》で至高の四本《エントリー・フォー》に残って。ザザンと結婚する前に、ライエルとカケオチするつもり」

「え、ええ!?」

予想以上に豪胆《ごうたん》な答えに、俺は度肝《どぎも》を抜《ぬ》かれた。

「うふ。ライエルには内緒《ないしょ》よ？　その話聞くと、たぶん変にリキんでよくない結果になるから」

苦笑し、唇《くちびる》の前に人差し指をあてながら、王女。

「この国の王になってみたかったけど。やっぱり、ライエルと結婚出来ないんじゃつまらないもの。国家転覆《てんぷく》なら、よそでも出来るだろうし。むしろそっちの方が楽しいかもしれないしね」

にこにこ朗《ほが》らかに笑いながら、なんか物騒《ぶっそう》なことをいってくる王女。

うお……確かに、この人、ライエルのいう通り。顔に似合わず、野心の塊《かたまり》だわ……。

「グレンも、ログレスの外に出たいんでしょ？」

「え？　あ、はい」

「だったら、剣精試練《レイダー・ゲーム》……この先どうなるのかわからないけど。再開したら、みんなでがんばりましょうね。私と、あなたと、ライエルとメグ。四人で外の世界に出られたら、それって素敵《すてき》だと思わない？」

「……………そうですね」

確かに、俺、メグ、ライエル、王女の四人で至高の四本《エントリーフォー》に残り。その四人で外に出るというシナリオは、案外悪くないかもしれない。

まぁ、それもすべて。剣精試練《レイダー・ゲーム》が再開してくれなきゃ、話にならないんだけどな……。

†

しかし、願いもむなしくというか、二回戦が終わって、剣精試練《レイダー・ゲーム》が行われないまま。

とうとう、一月が経過しようとしていた。

「ご主人様。今日の晩ゴハン、何しますか？」

そんな中、ノンキなことを聞いてきたのは、胸ポケの中のディア。

俺は今、ディアと二人（？）で。

そろそろ食料・水等が尽《つ》きそうなので、恒例《こうれい》のバザーへの買い出しに来ている最中だった。

「お前……仮にも、剣精試練《レイダー・ゲーム》やる為《ため》に生まれてきた生命体なんだから。……少しはこの状況に、悲観でもしたらどうだ？」

俺は商品を物色しながら、呆《あき》れるように呟《つぶや》いた。

「だって悲観したって、仕方ないじゃないですか。それに、準決勝が行われるまでの期間が開けばあくほど、わたくしはその間、ご主人様と信頼《しんらい》関係を築けるわけですし……」

「フン……どうだかな」

俺は肩《かた》をすくめ、

「それより。今晩は晩メシいらんぞ」

「え？　なんでですか？」

「またライエルさん達と飲みに行くから」

「えーっ⁉　ま、またですか……⁉」

瞬間《しゅんかん》。胸ポケの中で、ディアが、落胆の声をあげた。

「なんか……ご主人様、最近ちょっと変わっちゃいましたねぇ」

はあ。さらにディアは、嘆息《たんそく》まじりに、どこか寂《さび》しげにそういってくる。

「ん？　変わった？　何がだ？」

「だって……最初会った時は、もっと内向的だったっていうか……。ずっと引きこもってばっかりだったし。二人の時間いっぱいとれたのに。なんか最近は、ちょっと社交的になっちゃって、ライエルさん達と楽しそうに遊んでばっかり。嬉《うれ》しい反面、わたくし、ちょっと寂《さび》しいでございます……」

　肩を落としながら、いってくるディア。

「社交的って……別に。そんなことないだろう。というか、ライエルさん達とだって、別に俺は楽しく遊んでないぞ……？」

　俺は困惑《こんわく》しながら答えた。が。

「いーえ。間違《まちが》いなく楽しそうです。だって毎日飲みに行くとき、ご主人様、ちょっと笑顔ですもん。いいですよ、もう……。どーせわたくしは、ご主人様の笑顔ひとつ引き出せない、ダメ剣精《レイダー》でございますよ……」

　イジけた声でいってくるディア。

（っていわれても……。俺自身は、別に笑顔になってる自覚ないのだが……）

　笑顔など……最も俺に似合わない表情のハズだが……。

　しかし、考えてみると……確かにディアのいう通り。

以前と違い。あれだけ引きこもりだった俺が、ライエル達と会いに、毎日外に出てるし。

以前より、若干毎日、気分が軽い気はしないでもない。

俺はいつの間にか。自分でもよく分からないが。

微妙《びみよう》に変化……しているかもしれない。

それは俺にとって。

もしかしたら、久しぶりに、嬉しい出来事なのかもしれない。


しかし──

「グ、グレン！」

いつだって楽しい時間や嬉しい時間は、すぐ過ぎ去ってしまう。

背後から、慌《あわただ》しく俺を呼ぶ、女の声が聞こえてきた。

振《ふ》り返《かえ》るとそこには、転がるようにして走ってきた、チェックのカチューシャをはめた赤髪《あかがみ》少女、メグの姿。

「……メグか。どうした？」

どうやって俺がここにいることを突《つ》き止《と》めたのか気になったが──そういえば昨日の飲み会で、俺がバザーに買い出しに行くことといったんだっけか？

「ゼェ、グレン、ゼェ、ゼェ……た、大変なの……」

膝《ひざ》に手をやり、必死に何かをいおうとするメグ。

「……落ち着け。息を整えてからでいいから。ゆっくり話せ」

ハア、ハア、といいながら、メグはこくりと頷《うなず》き。

息が整うのを少し待った後、

「お、お城で……」

「お城……王城か？」

「そう。ログレスの王城で──クーデター、起こったたって」

そう告げる。

「はあ？」

俺はこの時はまだ。

この重大さに、まったく気づけていなかった。

†

「おおっ……!?」

そして十数分後。

メグに連れられ、ログレス最高地にある建物——ログレス王城に辿《たど》り着《つ》いた俺は、驚《きょう》愕《がく》していた。

城の周りには、国の一大事に、俺達と同じような野次馬が、おびただしい数で大挙して殺到《さっとう》している。

「す、すげぇヤジウマの数……」

「さっきよりもっと増えてる……」

野次馬の少し後方で、呆然《ぼうぜん》と俺達。

「しかし……クーデターってなんだ？　誰《だれ》が起こしたんだ？　もうそのクーデターは、完《かん》了《りょう》したのか？」

「し、しらないわよ。わたしも、さっきここで噂《うわさ》聞いただけなんだから」

困ったようにいうメグ。

うーむ。だったら、詳《くわ》しいことを知りたいが。

野次馬の壁《かべ》のせいで、これ以上は近づけそうにないし……どうすれば……。

「おい、グレン！」

と、その時だった。

野次馬の中から出てきた人影《ひとかげ》に、俺は名を呼ばれた。

見ると、野次馬の中から出てきたのは、柔らかな金髪《きんぱつ》が揺《ゆ》れる、長身の青年。

「え？　ライエルさん⁉」

そう、そこから現れたのは、ライエル・ヒート。

「ラ、ライエルさん。大丈夫《だいじょうぶ》だったんですか？　なんかいま、クーデター起こったって……」

「話は後だ。それより、お前らヒマか？　ちっと手伝って欲しいことあんだけど」

軽い口調で、しかしかつてないほど真剣《しんけん》な表情でいってくるライエル。

俺とメグは、顔を見合わせる。

幸か不幸かはわからんが。俺達はこの時、クソがつくほど《ヒマ》だった。

「は？　剣精《レイダー》を使ったクーデター？」

ライエルにつれていかれたのは、城からそう遠くない、古臭《ふるくさ》い喫茶店《きっさてん》の中。

その喫茶店の、やはり古臭い木製のテーブルの椅子《いす》に腰掛《こしか》けながら、俺とメグは、ライエルに事件の真相を聞いていた。

「おう。『女王の鞭《ブラックダイアモンド》』っつー、傷つけた生物を自在に操《あやっ》れる悪趣味《あくしゅみ》な剣精《レイダー》があるらしくてな。今回のクーデターは、それを使って行われたらしい」

「ちょ……ちょっと待って下さいませ！」

と、そこで、口を挟《はさ》んだのは、俺の胸ポケットのディアだった。

「剣精《レイダー》を剣精試練《レイダー・ゲーム》以外で大掛《おおが》かりに使おうとした場合、その使用者の剣精《レイダー》は委員会によって破壊《はかい》されるでございます。剣精《レイダー》によるクーデターなんて、起こるハズがありません！」

ムキになった調子でいうディア。

「いや、待て、ディア」

俺は、ディアに、静かに声をかける。

「剣精試練《レイダー・ゲーム》、一月行われてないんだぞ。その剣精試練《レイダー・ゲーム》委員会にも、何かあったんじゃないか？　だから人間が剣精《レイダー》を悪用しても、止めにこない」

「そ、そんな……」

愕然《がくぜん》とするディア。

「で、でも。剣精《レイダー》を悪用って。一体、誰がそんなことをしたんですか？」

不思議そうに聞いているのはメグ。

「ザザンさ。ザザン・ビーク」

「えっ⁉」

その男の名前に。俺は目を見開いた。

「た、確かその人って……ミザリィ王女の婿《むこ》候補ですよね？」

「えぇっ⁉」

驚《おどろ》きの声をあげているのはメグ。

「そうだ。あの野郎《やろう》、今なら剣精《レイダー》悪用してもお咎《とが》めなしってことに気づいて。けっこう前……たぶん二、三週間前から、徐々《じょじょ》に『女王の鞭《ブラックダイアモンド》』使って、城内の人間、ほとんど手駒《てごま》にしちまったらしい。

俺はもともとアイツと仲悪いし、近寄らねぇから、なんとか奴《やつ》の支配まぬがれたけど。今城の連中は、もう九割以上——最低でも九〇〇人前後は奴の手駒に堕《お》ちちまってる。今城の中は、完全にザザンのモンだ」

「あ、あの……王女はどうしたんですか？」

俺は心配になって聞いた。

するとグレンは沈痛《ちんつう》な面持《おもも》ちになり、

「わかんねぇ……。とにかく、城の中、異常に混乱してたし。ザザンの野郎、思いっきり俺に集中攻撃《こうげき》してきたから……さすがに俺一人逃《に》げんので精一杯《せいいっぱい》だったんだ」

ぎり、と歯噛《はが》みしながらそう呟《つぶや》いている。

「つーわけで、グレン。あと、メグ。ミザを探しに行くついでに、王城奪還《だっかん》してぇんだが。力貸してくんねぇか？」

「え!?」

「わ、わたし達ですか？」

突然《とつぜん》の提案に、俺達はギョッとした。

「あたりめぇだろ。ここに今、お前ら以外いるか？」

「で、でもそんな大役。俺達に務まりますか？」

王城奪還って。普通《ふつう》に国家の行く末を左右するとんでもなく重要任務だよな……？

「やるしかねぇんだよ。城の傭兵《ようへい》はほとんど洗脳済みだし。剣精《レイダー》のこと知ってて、信用出来そうなのお前らくらいしかいねぇんだから。力、貸せ！」

脅《おど》すようにいわれ。俺とメグは、顔を見合わせた。

「ド、ドースル？」

「や……やるしかないんじゃないの……？　九〇〇人も洗脳されたままにしておけないし

……ミザ様のことも気になるしさ」

「……確かにな」

国がどうこうより。ミザ王女のことが俺も心配だしな。

「わかりました。ライエルさん、俺ら協力します」

かなり不安もあったが。俺とメグは、ライエルの申し出を受け入れる。

「うし。多分ザザンは、明日《あした》には、正式に、国民に王が代わったことを宣言する。国を混乱させない為《ため》にも、それまでに――今晩中に、サクッと王城を奪還すんぞ」

力強く言い切るライエル。

王城奪還……。まさか、ただの剣精試練《レイダー・ゲーム》が、ここまで大問題に発展するとは……！

†

というわけで、作戦決行の為、夜まで喫茶店で時間を潰《つぶ》した後。

俺達三人は、早速《さっそく》作戦を開始し、王城に突入《とつにゅう》することにした。

が。

「ちょ……ホントに大丈夫なんですか⁉　こんなアホみたいな作戦で⁉」

俺は改めて、ライエルに確認《かくにん》した。

喫茶店横の路地裏で、ライエルの考えた作戦の説明を聞いた俺とメグは、耳を疑った。

俺とメグの前に置かれているのは、黒い兜《かぶと》に、黒い鎧《よろい》。そして黒い外套《がいとう》。ライエルが家から持ってきたという、予備の、傭兵騎士《ようへいきし》団の装備品。

ライエルの作戦はこうだ。

要するに、俺とメグが、この装備で傭兵騎士団に成りすまし。

ライエルを捕《つか》まえたと、城にいるザザンの元へ連行する。

そこでライエルがザザンの『女王の鞭《ブラックダイアモンド》』を破壊。

全員正気に戻《もど》る。

そして王女を探す。完。

「大丈夫だよ馬鹿《ばか》！　頭を潰すのが、兵法の基本なんだから。確実に頭に辿り着くには。この方法が一番じゃねぇか」

「で、でも……」

「心配すんな！　操られてる兵士達は、命令されたことしか出来ねぇから。そんなに細かいところまで見てねぇ。きっとうまくいく！」

「………」

俺とメグは困った様に顔を見合わせる。

まぁ、俺達は、実際傭兵騎士装備を装着してるし。城の前まで来てるんだから、もうやるしかないのだが、それにしても不安だ……。

「なんだ貴様らは！」

などといってる間に。俺達は、門番二人がいる城門前に辿り着き。早速厳しく詰《つ》め寄《よ》られる。

兵士の目は、赤く血走るほど見開いているのに焦点《しょうてん》があっていないという、奇妙《きみょう》な状態だった。たぶんこれが、『女王の鞭《ブラックダイアモンド》』に操られた人間の姿なんだろう。

「あ、ああ、いや……。と、逃亡《とうぼう》中だった、ライエル・ヒートを捕まえましたので。ザザン様に引き渡《わた》そうと、お連れしたのですが……」

緊張《きんちょう》のあまり、微妙《びみょう》にどもりながら、俺。

(バカ！　不審《ふしん》者丸出しじゃない!?)

隣《となり》で、メグが焦《あせ》ったように注意してくる。

ううう……仕方ないだろうが。引きこもりに、見事な演技力を求められても困る。

「よし。いいだろう。入れ」

が、意外な展開。

俺の大根演技を気にも留めず。門番のオッサンはそういうと、ゆっくり城門を開き。あっさり俺達を中に入れてくれた。

オイオイ……どんだけ無用心な門番なんだ？

（な？　大丈夫だろ？）

隣で、ライエルが小声で嬉《うれ》しそうにいってくる。う－む……おっしゃる通り。

「王は二階の玉座の間におられる。粗相《そそう》のないようにな」

さらに、門をくぐろうとする俺達に、兵は、短くそう促《うなが》してくる。

どうやら、玉座までフリーパス、勝手に向かっていいらしい。ほんとに無用心だな……

よくこの連中で、クーデター成功させたもんだ。

というわけで俺達三人は、拍子抜《ひょうしぬ》けするくらいアッサリ王城に侵入《しんにゅう》成功。

悠々《ゆうゆう》と、自分の足で、王座の間へ向かう。

ライエルからすれば、王城は自分の庭みたいなもんだし。

俺やメグも、傭学時代は、用事で、何度か来たこともある。おかげで俺達は全く迷わず、玉座の間の正面にある巨大《きょだい》な扉《とびら》まで辿《たど》り着《つ》き、その扉を開け放って中に入った。

玉座の間は、入るとすぐ足元に赤い絨毯《じゅうたん》が敷《し》かれていて。その絨毯は、階段状になった床《ゆか》に続いていた。玉座は、その階段の先にあるらしい。俺達は慎重《しんちょう》に、その階段を上った。

そしてその階段を上り終えた先に……一人の男の姿があった。

「フン……きたな、ライエル」

品のいい紫《むらさき》の髪《かみ》に、知的なメガネ。

確かにそこにいたのは、いつぞやライエルと口論しているのを見かけた、ザザン・ビークという男だった。

「ザザン！　卑劣《ひれつ》な策略で誇《ほこ》り高きこの城を乗っ取った罪！　万死に値する！　天が許しても、この王道、ライエル・ヒートが許さんぞ！」

そしてライエルは、一瞬《いっしゅん》で騎士《きし》モードにチェンジ。抜き放った剣をザザンに向けながら、高らかに宣言している。

「野良犬如《ごと》きが偉《えら》そうに……！　勘違《かんちが》いするなよ？　お前は《主人公》なんかじゃない。いつもいつも、物語みたいにうまくいくと思うなよ？」

醜《みにく》く顔をゆがめながら、パチッ。指を鳴らすザザン。

すると、スッ――。玉座の後ろから、一つの人影《ひとかげ》が現れた。

長い黒髪《くろかみ》の、どことなく品のある、おっとりとした風貌《ふうぼう》の女性。

「お、王女!?」

俺達は絶句した。王の前に現れたのは、正真正銘《しょうしんしょうめい》、ミザリィ第三王女。

しかしその瞳《ひとみ》はやはり虚《うつ》ろで。俺達を瞳に映しても、顔色一つ変えない。

「くっく……残念だったな。俺が対策も用意せずお前らをここまで通すと思うか？　女王《きりふだ》があるからこそ、お前らを招き入れたんだ。ハメられたんだよ。お前らは」

「あ、あんた自分の婚約者《こんやくしゃ》まで洗脳したの⁉」

瞬間、怒《いか》りで震《ふる》えるような声で、メグが怒鳴《どな》っている。

「ふん……何が婚約者だ。どーせこの女は、俺とくっつく気なんか、サラサラなかったさ」

忌々《いまいま》しげに吐《は》き捨《す》てるザザン。

「俺だって馬鹿じゃないんだ。お前らが互《たが》いに好きあってて、俺をただの障害物――脇役《わきやく》の雑魚《ざこ》みたいに見てたことくらい分かってんだ。むかつくんだよ！　自分以外の人間は、ものが分かってない障害物みたいに思ってる、その態度が！」

ぴしぃ！　いいながら、手にあった鞭《むち》を思いっきり地面に叩《たた》きつけるザザン。

「……まぁいい。この玉座に座《すわ》れた以上。もうこの女にも用はない。せいぜい、ライエル・ヒート用の切り札として使わせてもらうよ」

そういうとザザンは、再び鞭を振《ふ》るう。

すると次の瞬間、いきなり俺達の目の前で、ミザ王女が、懐《ふところ》から短刀を出し。おもむろに自分の喉元《のどもと》に切っ先を突《つ》きつけた。

「お、王女様！」

俺とメグは慌《あわ》てて駆《か》け寄ろうとしたが、

「動くな！」

ザザンに一喝《いっかつ》されて。くっ……！　俺達は、慌てて動きを止める。

「くっく。さあ、王女の命が惜《お》しければ、武器を捨てて、その場にしゃがみ込め。新王直々に処罰《しょばつ》を下してやる」

鞭をさすりながら、ザザンはサディスティックな笑みを浮《う》かべている。

（お、おいメグ……なんとかする方法ないか？）

そんな中、俺は慌ててメグに聞いた。

（な……なんでわたしに聞くのよ？）

（だってお前。小賢《こざか》しい作戦思いつくの得意じゃないか）

そう。この女——メグ・ローズハートは。一見、元気が取り柄《え》なだけの小娘《こむすめ》に見えるが。

実は能力的には、瞬時に策を練ったり、敵を罠《わな》にはめたりするのが得意な、どちらかというと頭脳で戦うタイプなのだ。チェスなんかの盤上《ばんじょう》競技も、凄《すさ》まじく強い。

（うーん……じゃあ二秒ちょうだい）

（じゃあ教えるぞ。一、二……）

（思いついた）

冗談《じょうだん》のように、マジで二秒でアイデアをひねり出してくるメグ。こういうところがこの女の真骨頂である。

（かなり不確定要素多いけど……。やってみる。でもグレン。グレンの協力も必要）

（何をすればいい？）

（一瞬でいいから。どうにかして、あのメガネの気ぃそらして？）

（……わ、わかった）

何も策は思いつかないが。俺はとりあえず剣を握《にぎ》り締《し》める。

「おい！　さっさと座れ！　この女が死んでもいいのか!?」

と、そんな中。中々動かない俺達に、苛立《いらだ》ったようにザンが声をあげた。

そしてその声に呼応して、王女が、さっき以上に自分の首筋に、短刀を近づける。既《すで》に切っ先は首の皮に到達《とうたつ》していて、ぽたぽたと、短刀の刀身を王女の血が滴っていた。

マズイ……急がなければ。

「わ……わかりました……座ります」

こうなったら……一か八かだ。出来るかどうかわからないが。

俺はオブシディアンを下に向け。

ズガッ！　自然な成り行きで、オブシディアンを地面に突き立ててみた。

そして俺はディアにいう。

(ディア……このまま、床全面、凍《こお》らせられないか?)

《!　わ、わかりました。出来るかどうかわかりませんが。やれるだけやってみます!》

ディアが意気込み――そしてその瞬間だった!

ピキピキピキピキ――玉座の間の床が、俺を中心に、物凄《ものすご》い勢いで凍り始めた!

(おお!　ナイス!　頑張《がんば》れディア)

『ふんぬぉぉぉぉぉ!』

「き、貴様!　歯向かう気か!?」

周囲の異変に気づき、血相を変えて怒鳴っているのは、ザザン。

しかし、叫《さけ》んだ時には時既に遅《おそ》し。

床の氷は、ザザンの足元まで到達していた。

「うおおっ!?」

床を凍らせているので、ザザンが凍ることはないのだが。ザザンはディアの能力を知らないし、予想通り、ザザンは足元の氷にパニックになった。

「メグ!　今だ!」

「ナーイス、グレン!　あと、任せて!」

そして、隣でメグは叫んだかと思うと。

ブンッ！　いきなりメグは、自分の赤鎌《がま》――イレイザーレインを、操られ、立ち尽《つ》くしている王女に向かって――下手投げで一直線に放《ほう》り投げた。

「――ってオイ⁉　王女に向かって投げてどうするんだ⁉」

イレイザーレインが向かう方向を見て、俺は目をひんむいた。

イレイザーレインは、確実に、王女の顔面に向かって横回転しながら飛んでいっている。

まさかコイツ⁉　人質を殺して、人質としての価値をなくす気か⁉　こ、この悪鬼《あっき》が！

「ち、違うわよ！　だいじょーぶ！　見てて！」

と、メグがいうや否《いな》や。

くっ――王女に向かって一直線だったイレイザーレインが、いきなり、僅《わず》かに右方向に進路変更《へんこう》。そしてイレイザーは、カンッ！

王女の手にあった短刀だけを弾《はじ》き飛ばし、さらにそのまま弧《こ》を描《えが》くようにして飛行、今度メグの元まで戻《もど》ってきた。

「お、おおっ⁉」

王女の解放に成功した⁉

「す、すげぇ……ブーメランになる。それがイレイザーの能力か？」

「ち、違うわよ……そんなダサい能力ヤダ。今のは、なんかの役に立つかもと思って覚えておいた、わたしとレインのただの一発芸。んなことより――ライエルさん！　今よ！　アイツ、やっつけて！」

叫ぶメグ。その瞬間だった。

ライエルは無言のまま稲妻《いなずま》の様な速度で行動を開始し、一瞬で元凶《げんきよう》――ザザンの元まで接近した。

「なっ――舐《な》めるなぁ！」

しかし、ザザンもさすがに傭兵騎士《ようへいきし》。

顔面を引きつらせつつも、予想以上に素早《すばや》い反応で、思いっきりライエルに向かって鞭を振り下ろそうとする！

が。

「舐めてんのは――テメェだ」

ライエルが静かにそう呟《つぶや》いた瞬間。

すぱぱぱぱぱぱぱ！　いきなり。何の前触《まえぶ》れもなく、ザザンが振り上げていた『女王の鞭《ブラックダイアモンド》』が数ミリ単位で輪切りになり、分解した。

「ば、馬鹿《ばか》なぁぁぁ!?」

「す、すげぇ……！」

俺とメグは、感嘆《かんたん》の吐息《といき》を漏《も》らした。

どうやら今の業《わざ》。腰《こし》に下げていた剣型《けん》の剣精《レイダー》でやってのけたようだが……俺とメグの目をもってしても、斬撃《ざんげき》が、まったく見えない――どころか、剣をいつ抜いたのかすら分からなかった。

そして、

「そ、そんな！　わ、わわわ、わかった！　取り引きを」

「死ね」

まだザザンは喋《しゃべ》っている途中《とちゅう》だったが、メキャッ！　ライエルの冷酷《れいこく》な拳《こぶし》が、ザザンの右頬《ほお》にめり込み、
ズッガァア！　次の瞬間、まるで砲弾《ほうだん》の様に吹《ふ》き飛《と》んだザザンは、次の瞬間には玉座に激突《げきとつ》！　そしてザザンの身体《からだ》は玉座を突き破《やぶ》った後、なお数メートル程《ほど》、吹き飛んでいく。

す、すげぇ……！　たかがパンチであの威力、腕力《わんりょく》そのものが、まず尋常《じんじょう》じゃない！

さすが『王道』ライエル・ヒート、国内最強の称号《しょうごう》は、伊達《だて》じゃないな……！

「グレン、見惚《みと》れてる場合じゃないわよ！　ミザ様が！」

「あ……そ、そうか」

俺は頷《うなず》き。慌ててメグと、王女の下《もと》へ駆け寄った。

王女は、ザザンの『女王の鞭《ブラックダイアモンド》』が破壊《はかい》された瞬間。気を失ったように、床《ゆか》にくずおれていた。

「ミ、ミザ様！　だいじょうぶですか!?」

「うぅ……うふ。だ、だいじょうぶよ」

頭痛がするように、頭を押さえながらだが、王女は苦笑《くしょう》しながら立ち上がりそう答えた。

どうやら、呪縛《じゅばく》からは解き放たれたらしい。俺とメグはホッとする。

が。

「それより——ライエルを止めて……ライエル。昔に戻ってる」

玉座の間の奥《おく》を指差しながらいった、王女の言葉に。

「へ？」

俺とメグは、首をかしげた。

わけがわからず、王女の指先を視線で追う俺達。

するとその先には——

ゴッ！　メキャッ！　メキッ！

倒《たお》れているザザンの顔面を、一心不乱に、まるで何か単純作業の繰《く》り返《かえ》しのように、無表情で殴《なぐ》り続けているライエルの姿。

「お、おわぁ!?」

俺達はギョッとした。

「ラ……ライエルさん。殺す気ですか!?」

「殺すよ。こんな害虫生かしておいて何か意味あるか？　こいつはここで俺が殺す」

俺達を見ながら、淡々《たんたん》と答えてくるライエル。

そのライエルは、普段《ふだん》のライエルとも、王女に教育された騎士《きし》モードのライエルとも違う、俺達の知らないライエルの顔をしていた。

「ふが……ま、まってくれぇ……」

そんな中。顔を変形させ、メガネをひしゃげさせ、鼻血をダラダラ流したままのザザンが、倒れたまま泣きながら、

「ゆ……許してくださいぃ。命だけはぁ……」

惨《みじ》めな声で、命乞《いのちご》いを始める。

「うるせぇよ」

しかしその声にも耳を貸さず、ライエルは拳を振《ふ》り上げた。

「ひぃぃぃ！」

「ライエル」

その瞬間《しゅんかん》。王女の声が玉座の間に響《ひび》き渡《わた》った。

「やめて。もう昔のあなたじゃないハズでしょ？」

ゆっくり身体を起こしながら、ライエルを諭《さと》す王女。

「し……しかしコイツは……」

「もう十分反省してるわよ……みなさい」

「ひぃぃぃぃ！　あぁぁぁ！」

ザザンは、恐怖《きょうふ》のあまり、もはや言葉を発していなかった。

目と鼻から汁《しる》をダラダラ流しながら、ただただ叫びながら土下座を繰り返している。

「た、助け……たす……たす……！」

「…………！」

そんなザザンを見て。ライエルは、さすがに迷うような表情を浮《う》かべた。

「ラ……ライエルさん。それだけ謝《あやま》ってるんだし……もういいんじゃ」

「そ、そうですよ。城の人達も、意識取り戻しただろうし。あとは、シカルベキ人に任せましょ……？」

俺達も、恐《おそ》る恐る、ライエルを止める。
やっぱ、いくら悪人とはいえ、殺しちゃうのはちょっとアレだしな……。
「……くそ」
そして最終的にライエルも、渋々《しぶしぶ》だが。
拳をおさめ、スッ——とザザンの下から離《はな》れる。
ホッ……止まってくれた。
俺達は、とりあえず安堵《あんど》する。
しかし、次の瞬間。

ドスッ！
唐突《とうとつ》に——玉座の間に、妙《みょう》に生々しい、何かが突《つ》き刺《さ》さった様な音が鳴り響いた。
「……へえ？」
……わけがわからず。困惑《こんわく》する俺達。
何かが刺さった音がした様な気がしたが……
見渡しても。ザザンにも。メグにも。俺にも。——そしてライエルにも。

見たところ、何か変化が起こった様子はない。

どさりっ。しかし変化が起こったのは、次の瞬間だった。

俺とメグの間で起こしていた王女の身体が――突然《とつぜん》、糸が切れた操《あやつ》り人形の様に、床に倒れた。

「え……？　え？」

わけがわからず、王女を見る俺とメグ。

動かなくなった王女の胸には――流れ出す血の中。

一本の矢が、突き刺さっていた。

「え!?　そ……そんな……!?」

徐々《じょじょ》に何が起こったのか、頭の奥が理解し。

寒くもないのに――大げさじゃなく――俺はガタガタと震《ふる》えた。

どこから飛んできたのかわからないが、さっきの妙な音は、王女の胸に矢が突き立った音だったらしい。

矢はちょうど王女の心臓辺りに突き刺さり、胸と口から血を垂れ流す王女は、まるで人形の様に生気なく、ぴくりとも動かない。

――どう見ても、致命傷だった。

「お……王女……！」

「ひっ。ひひ！　うぐひひひひ！」

瞬間。玉座の間に、どこか哀《あわ》れな笑い声が起こった。

笑っていたのは。ザザンだった。

「ひぐひひひ！　残念だったなライエル・ヒート！　だからお前は主人公になれないってんだよぉぉぉ！」

ごぼごぼ血を吐《は》きながら、狂気《きょうき》じみた、笑みを浮かべるザザン。

その手には、いつの間に出したのか――袖《そで》の中に隠《かく》しておけそうな、小型のボウガンが握《にぎ》られていた。

そ、そんな……！

あの命乞いすら、演技だったっていうのか……!?

ズギャッ！　瞬間。金属が肉を貫く音が、唐突に響き渡った。

その瞬間、ザザンの笑い声は止まった。永久に。

無表情のままのライエルが、ザザンの心臓に、自身の剣を突き立てたのだ。

「あ……」

俺は、呆然となっていた。あまりの急展開に、目の前で起きている出来事が、どこからどこまで現実なのか、分からないくらい、頭が真っ白になっていた。

「グ……レン」

そんな最中。王女が、口からごぼごぼ血を吐きながら。虫のなくような声で俺を呼んだ。

「お、王女様！　だ、だいじょうぶなんですか!?」

大丈夫《だいじょうぶ》なわけがないが。俺は思わず聞いてしまう。

しかしそんな間抜《まぬ》けな質問にも、王女はいつも通りニッコリ笑って応《こた》えてくる。

「だい……じょうぶ。それ……よりグレン……ライエ……ルを、呼んで」

「ミザ！」

俺が呼ぶ必要などなかった。ライエルは既《すで》に、俺の後ろまできていた。

「どけ！」

「は……はい」

怒鳴《どな》られるように叫《さけ》ばれた俺は、ビビリながらライエルに王女の傍《かたわ》らを譲《ゆず》る。

「ミザ！　死ぬな！　ちくしょうふざけんな！　ミザ！」

優《やさ》しく王女を抱《だ》きかかえながら、ライエル。

「ライ……エル。言葉……遣《づか》い……」

「ああ！　直す！　言葉遣いでもなんでも、直すから！　だから頼《たの》む！　死なないでくれ！　いますぐ、救護室に運ぶ、だから――」

必死に呼びかけるライエル。しかしその口を恐ろしく遅《おそ》いスピードで動いた王女の指が、ゆっくり塞《ふさ》いだ。

「ラ……ライエル……わたしはもういいのよ……」

「よくない！　頼むから、喋《しゃべ》らないでくれ！」

ライエルは半泣きで王女に懇願《こんがん》したが、王女はへたくそな苦笑のようなものを浮かべ、

「ライエル……実は私……あなたのこと好きだった……」

「うるせぇ！　んなこといま聞きたくねぇ！　ミザリィ！」

「わたしのライエル……世の中を……憎《にく》まないで……幸せに……生きて……ね……」

そこでふっと王女の言葉が途切《とぎ》れ。そして続けて、王女の体から、一気に、ガクッと力が抜《ぬ》ける。

「うわぁぁぁぁぁぁぁぁぁぁぁ！　ミザ！　うわぁぁぁぁぁぁぁぁぁ！」

その王女の身体をガタガタ揺《ゆ》らしながら、ライエルは半狂乱《はんきょうらん》に喚《わめ》き散らす。

「ミザ！　ミザ！　うわぁぁぁぁぁぁぁ！」

「……………」

あまりにも急激な展開に、俺はまったくついていけず。絶句していた。

　メグも似たようなものらしい。呆然《ぼうぜん》としながら、おぼつかない足取りで、王女の方へ歩いていく。が。

「ミ……ミザリィ様……」

「近寄るんじゃねぇ！」

　ドンッ！　ライエルにいきなり突き飛ばされ。メグは吹《ふ》っ飛んで転倒《てんとう》した。

「きゃあ⁉」

「あ！　メ、メグ⁉」

　俺は慌《あわ》ててメグの方へ近寄る。

「ちょ……ラ、ライエルさん、何を――⁉」

「うるせぇ！」

　その瞬間。ライエルは怨念《おんねん》のこもった声でそう叫び。

「てめぇらのせいだぞ⁉　この役立たずどもが！」

　ライエルは。かつて飲み会で俺達に見せていた表情とはまったく違《ちが》う。先ほどザザンに向けていたものに匹敵《ひってき》するような憎しみの目で、俺とメグを睨《にら》みつけてきた。

「お前らが、ちゃんとミザを守らなかったから……ミザは死んだんだ！」

「そ、そんな……！」

俺は絶句した。俺達の……せい？

「お前らだけじゃねぇ。俺らの結婚《けっこん》を認めなかった王。世間。下らないゲームをやらせた精霊《せいれい》。全員。この世界に生きてる奴《やつ》全員。全員が、ミザを殺した……！」

ライエルは、動かなくなった王女に向かって、幽鬼《ゆうき》の様に、そう呟《つぶや》いている。

俺は。その一言に、少なからずショックを受けていた。

あんなに俺によくしてくれたライエル・ヒートは。――もういない。

「グレン！」

と、そんな中。唐突に、俺の袖がつかまれた。

メグだった。

「どうしよう……私達のせいで。王女様死んじゃったの⁉」

メグは号泣《ごうきゅう》していた。先ほど命乞いをしていたザザンに匹敵するくらい、錯乱《さくらん》し、汚《きたな》く号泣していた。ライエルの一言で、王女の死を、完全に自分の責任だと感じているらしい。

「グレン！　どうしよう！　どうしよう！　どうしよう！」

「うるさい……！　泣くな！」

もう俺もわけがわからなかったが。

とにかく、俺は泣いているメグの手を握り。無理やりのように足を動かし、玉座の間から、走り出した。
家に帰りたかった。
もう、何も悲しい事件が起こらない。
自分の世界に、俺は帰りたかった。

シナリオV・決勝戦

王女の殺害から――数日後。
あのまま、逃《に》げ帰《かえ》るように、無事家に戻《もど》った俺は……
そのままひたすら、じっと家に引きこもり続けていた。

俺は……完全に思い出していた。
人間という奴は――一皮剝《む》けば悪鬼《あっき》の如《ごと》き存在だということを。
外の世界という奴が。どれほど残酷《ざんこく》なのかということを。
命乞《いのちご》いまでして他人を欺《あざむ》き、王女を殺したザザン。
王女が殺された瞬間《しゅんかん》、俺達への態度が一変したライエル。
俺は何を勘違《かんちが》いしていたんだろう？　ライエル達に誘《さそ》われ。外に出るようになり。

まるで自分も、外の世界で生きていけるような気分になっていた。
そんなわけなかったのだ。
俺なんかが生きていけるほど、外の世界は、甘《あま》いものじゃなかったのだ。

闇《やみ》――。

ただ。ただただひたすら、俺は闇の中に座《すわ》っていた。
それが実際の闇なのか、精神的な闇なのか分からないが。
俺はまんじりともせず、それから何日間も、その闇を見つめ続けていた。
ひとつだけハッキリしていることは。
俺はもう、この闇から二度と出ないし。出てはいけない、ということだけだった。

《――ご、ご主人様ぁ！》

にも拘《かか》わらず。
闇の外から、俺を呼ぶ声が聞こえた。

†

──その声は。今俺のいる場所には騒《さわ》がしすぎ、ひどく耳障《ざわ》りな気がした。
《ご主人様！》
──うるさい。黙《だま》れ。
《ご主人様！　起きて下さい、ご主人様！》
──俺はもう──お前達とは関《かか》わらないんだ。
《ご主人様!?》
──辛《つら》いから。
《何故《なぜ》です？》
──お前達と──自分以外の人間と関わると。結局いつも、辛い目にあうから。
《それは違う。今のご主人様は、もう思い出しているハズです！》
──何を？
《当たり前のことを！》
──……当たり前のこと？

《そうです。世界には。辛いこともあるけど。楽しいこともある。悪い人だっているけど。良い人だっている。前は忘れていたけど今はもう思い出した——当たり前のこと。
これを思い出したんだから。ご主人様は、また外に出れますよ！》

瞬間。遥《はる》か遠くできらりと光が瞬《また》いた。

《だからお願い。目を覚まして——》

光が——……！

†

「…………？？？」

ふと我に返ると。

俺は太陽の光が差し込む、自分の部屋で。

床《ゆか》にはいつくばって、動けない状態になっていた。

「な……なんだ？　身体《からだ》……が。声……も……？」

身体に、まったく力が入らない。

頭が割れるような頭痛がする。

胃の中が、強烈《きょうれつ》に気持ちが悪い。

「ご主人様!?」

這《は》いつくばったまま、呆然としていると。目の前に、驚《おどろ》きの表情を見せている猫《ねこ》耳メイド人形、ディアの姿が見えた。

「目を覚ましたんですか!?」

ディアは、ほとんど泣きそうな顔でそういってきた。

「お前が呼んだんだろうが……。当たり前のことがどうとかいって……」

せっかく居心地《いごこち》のいい世界だったのに……。

「はい？　当たり前のこと？　なんですそれ？」

「あぁん？　じゃあ……俺のこと、呼んでないのか？」

「いえ。呼びました。だってご主人様。一週間飲まず食わず寝《ね》ずやった後——倒《たお》れたまま、ずっと起きてこなかったんですもの。大丈夫《だいじょうぶ》なんでございますか？」

「なるほど……」

あまり記憶はないが、塞ぎこんで自分の世界に埋没している間に、俺は一週間、飲まず食わず寝ずをやってしまっていたらしい——そりゃ倒れるし、身体が動かないわけだ。

「ディア……とりあえず水持ってきてくれ」

「アイアイサー！」

いってディアはキッチンに行き、コップに一杯《いっぱい》水を入れて俺の下《もと》に持ってくる。

俺は動かない手足を動かして、かろうじてそれを口に含《ふく》み。身体の奥《おく》に流し込んだ。

「う……」

少しだけ。身体が動くようになる。

けっこう俺は、死ぬ手前だったのかもしれない……。

「でもよかったです……目を覚ましてくれて。昨日から丸一日ずっと呼んでたのに、ぜんぜん動かないから……もうダメなのかと思ってましたぁ」

半泣きでいってくるディア。

確かにディアの声は、いつもに比べてかなりガラガラ声になっている。

「…………」

俺は、なんとなく、まじまじとディアを見た。

初対面で、馴《な》れ合うつもりはないなどと突《つ》き放《はな》し、最近はライエルさん達と会うのにかまけて放置さえしていたこの人形に、俺は救われたのか……。

後でコイツに、一五万相棒ポイントくらいくれてやらないとな……。

ヴィィ——。ヴィィ——。

などと、ノンキなことを考えていた、その瞬間だった。

俺の部屋に、懐《なつ》かしい振動音《しんどう》が響《ひび》き渡《わた》った。

†

「タグ……？」

俺とディアは。まさかの振動音に、思わず顔を見合わせた。

一月半放置だったタグが、いまさら震《ふる》えたのだろうか。

俺は徐々《じょじょ》に動くようになってきた身体でテーブルの方まで歩み寄り、一月半置きっぱなしだったタグを手に取る。

そこには——こんなことが書かれていた。

剣精試練《レイダー・ゲーム》【決勝戦】開催《かいさい》のお知らせ

みなさま、大変ごぶさたしております。

諸事情により【三回戦】終了《しゅうりょう》時以降、剣精試練《レイダー・ゲーム》を中断させていただいておりましたが、問題は解決されましたので、只今《ただいま》をもちまして剣精試練《レイダー・ゲーム》、再開させて頂きます。

なお、参加者のみなさまには、次戦は【準決勝】とお伝えしておりましたが。大会休止期間中に、残り参加者様の数が六名にまで減っておりましたので、【準決勝】は中止、予定を変更《へんこう》して、只今より【決勝戦】を開催させて頂きます。

ご了承《りょうしょう》下さい。

続きまして【決勝戦】のルールですが。

【決勝戦】は、変則ルール。

ログレス王城内で、剣精《レイダー》【女王の鞭《ブラックダイアモンド》】を悪用し始めた参加者。

《ライエル・ヒート》を討伐《とうばつ》していただきます。

手段は問いません。ライエル・ヒート討伐に貢献《こうけん》した参加者四名に、至高の四本の号《エントリーフォー》が与《あた》えられます。奮《ふる》ってご参加下さい。

剣精試練委員会《レイダー・ゲーム》

「はぁ……？」

タグを読み終わった俺は。再びディアと顔を見合わせた。

決勝戦の内容が、ライエルを倒すこと……？

「ど、どういうことですかね？　なんでこんなあからさまにバランス悪いルールを……」

「しかも、ライエルが『女王の鞭《ブラックダイアモンド》』の能力を使ってるって、どういうことだ……？　あの悪趣味《あくしゅみ》な鞭《むち》は、例の…………ザザンの持ち剣精《レイダー》だったよな……？」

いや待てよ……。

俺はふと思い出した。

そういえばザザンの『女王の鞭《ブラックダイアモンド》』を輪切りにしたのは、ライエルの剣精《レイダー》だった。

剣精《レイダー》は、壊《こわ》した剣精《レイダー》の能力を奪《うば》える。

という事は――このタグのいうとおり、ライエルが今『女王の鞭《ブラックダイアモンド》』の能力を持っているのか？

そしてそれを悪用している？

でも悪用ってどうやって――。

と、俺が考え込もうとした、その瞬間《しゅんかん》だった。

ゴゴゴゴゴゴゴゴゴ――家の外から、突然《とつぜん》、地鳴りの様な音が聞こえてきた。

†

「な……なんの音だ？」

音の正体を知る為《ため》。俺は慌《あわ》てて扉《とびら》を開き、外に出る。

そして、扉の外に広がっていた光景を見て――俺は絶句した。

「な……なんじゃこりゃ……！」

ログレスには破片体《はへんたい》と呼ばれる、国が危険と定めた、人間を積極的に襲《おそ》う異形の生物達がいる。

その破片体が。

見渡《みわた》す限《かぎ》り――ログレスの街中に、突然押し寄せてきていたのだ。

空には、空がところどころにしか見えないくらい、翼《つばさ》を持った破片体が。

陸にも、街道、民家の屋根の上、既《すで》にかなりのテリトリーが、破片体に占拠《せんきょ》されている。

「まさか……！」

俺はとある仮定に思い当たって、戦慄《せんりつ》した。

『女王の鞭《ブラックダイアモンド》』の能力は、傷つけた生物を、自在に操《あやつ》れること。

そしてライエルは、あの時城で、

『俺達全員が王女を殺した』

といっていた。

もしかしてライエルは、あれからせっせと破片体の部下を増やし、
いま、それを使って、ログレスにいる人間を皆殺《みなごろ》しにしようとしているんじゃ――！

ライエルのあの時のキレっぷりからすると……俺のその予想は、かなりの確率で当たっているように思えた。

「ライエルさん……！」

ライエル・ヒートの絶望は、分からないでもない。

最愛の人を失ったライエルにとって、この世界はもうどうでもいいものなのかもしれない。

でも——俺はライエルに教えてもらったんだ。

連日飲みに連れて行かれて、外の世界に、楽しいことがあるって思い出したんだ。

怒《いか》り狂《くる》ったライエルを説得するのは、無理かもしれない。

でもせめて、俺はこの暴走を、なんとしても止めたかった。

「委員会の思うツボみたいなところが気に食わないけど……とりあえず城に行くぞ」

俺は決意。

「了解《りょうかい》です。わたくしは、ご主人様が行くところなら、どこへでもついていきますですよ！」

「行こう」

俺達は、破片体が闊歩《かっぽ》する街中を、全速力で駆《か》け始めた。

†

街中は、地獄絵図《じごくえず》の様になっていた。

街道から、民家の屋根の上から、あらゆるところを、破片体が我《わ》が物顔で歩き回って、人間を追い掛《か》け回している。

「一体、どんだけの数の破片体、下僕にしてるんだあの人……!?」

走りながら、その光景に絶句していると、

「ギエェェイ!」

突然、屋根の上——直上から、俺に一匹《いっぴき》の破片体らしき生物が襲いかかってきた。

「くっ! ディア!」

「おっしゃ! でございます!」

俺は足を止め、ディアを氷剣《ひょうけん》オブシディアンに変化。

そのオブシディアンを頭上に掲《かか》げ、頭上からの襲撃《しゅうげき》者を迎撃《げいげき》!

「ギエェイ!?」

どすっ、とオブシディアンが破片体を貫《つらぬ》き、瞬《また》く間《ま》に一体の氷像へと変化させる。

完全に動かなくなってからその破片体を地面に降ろすと、襲い掛かってきた破片体は、緑色の身体《からだ》をした、体長一メートルくらいのダンゴ虫のような気味の悪い破片体だった。

「くそ……いちいちこんなザコに足止めされてたんじゃ、中々城まで辿《たど》り着《つ》かないぞ

「……!?」

少しでも被害《ひがい》を少なくする為に、早くライエルを止めなければいけないのに――！

俺は舌打ちしつつ、再び走り出し、王城への近道となる裏道へ続く角を曲がる。

その瞬間だった。

がんっ！

いきなり、鼻の頭に、どこかで受けたような熱い衝撃《しょうげき》が走り。

「あぐっ!?」

俺は吹《ふ》き飛《と》ばされるように、地面に倒《たお》れた。

驚愕《きょうがく》しつつ、前方を見る俺。そこには――

「こ……この痴《し》れ者《もの》が。どこに目をつけている……!?」

剣の様に美しく光る、長い銀髪《ぎんぱつ》。

美男子、といわれても一瞬信じてしまいそうな、凛々《りり》しく引《ひ》き締《し》まった美しい顔。

「お、お前は……」

「き、貴様……グレン・ユーク！」

そこにいたのは、そう。一回戦で剣を交えた、あの正体不明の銀髪 復讐女《ふくしゅう》だった。

「しょ、性懲《しょうこ》りもなくまた私にぶつかってくるとは。どうあっても、私に処刑《しょけい》されたいらしいな」

相変わらず暗い、どこか皮肉げな笑みを浮《う》かべると。銀髪女はゆらりと立ち上がり、以前と同じ様に、腰《こし》からレイピアを抜《ぬ》き放《はな》つ。

「二回戦でも当たらなかったし、お前との決着は、もっと後になると思っていたが——こうなっては仕方がない。私はここで、お前を倒す」

スッ、とレイピアの切っ先を向け、俺に宣言してくる銀髪女。

が。

『待って』

その瞬間。

いきなり銀髪女の影《かげ》から、黒い人影《ひとかげ》が飛び出し。

スケッチブックに書かれた文字で、俺達の闘《たたか》いを仲裁した。

仲裁したのは、例の——俺に『お姉さまを泣かせたらコロス』宣言してきた、小柄《こがら》な少女、影子《かげこ》のツバサ。

『お姉さま。私達にはやる事がある。ここで力を使ってしまうのは、得策ではない』

ツバサは、真顔で、銀髪女に訴《うった》えかけている。

「しかし……」

『私的な復讐と、国家の危機。どちらを優先すべきか、答えは火を見るより明らか。——もちろん私にも、この男を八《や》つ裂《ざ》きにしたい気持ちはあるが——』

ジロリと俺をにらみつけながら、ツバサ。

『それは後回しにすべき』

「……………チッ」

そして、銀髪女は、ツバサの言葉を聞き入れたらしい。

ひゅんっ、とレイピアを降ろし、戦闘《せんとう》態勢を解く。

よかった……どうやら奇跡《きせき》的に、戦闘は免《まぬか》れたらしい。

「おい。お前らも、王城へ行くのか？」

俺は内心ホッとしつつ、二人に聞いた。

「………………」

銀髪女は、一瞬、俺のことを無視しようか悩《なや》んだような間を作ったが、

「……ああ。どういう状況《じようきよう》か分からないが。なんとなく、この異常事態が、剣精試練決勝《レイダー・ゲーム》戦に関係がある気がしてな」

結果、憮然《ぶぜん》とした顔でそう答えてきた。

「関係あるぞ」

俺は答えてやった。

「いま、この国を滅《ほろ》ぼそうとしてるのは、ライエルだ」

「知っているのか？」

「ぜんぶな」

この際、ライエルを止める味方は少しでも多いほうがいい。

俺は銀髪女とツバサに、何故こんな事態になったのか、『女王の鞭《ブラックダイアモンド》』の能力、それを使っていたザンという男、そいつから城を取《と》り戻《もど》そうとしたこと、そしてその際——ミザリィ様が凶弾《きょうだん》に倒れたこと。ライエルが暴走したこと。ライエルが破片体で国を滅ぼそうと思うに到《いた》ったまでの経緯《けいい》を、俺は、全《すべ》て、二人に話してやった。

「そんなことが……！」

その話を聞いた二人は。さすがに複雑な表情を浮かべた。

「し、しかし……。だからといって、国が滅ぼされるのを黙《だま》って見過ごすわけには……」

「その通りだ」

俺は銀髪女の言葉を肯定《こうてい》。そして。

「俺は、ライエルさんを止めたい。だから、それまでの間だけでいい。手を貸してくれないか？」

俺は思い切って、二人に共闘《きようとう》を申し込んだ。

「何……？」

不快に歪《ゆが》む、銀髪女の表情。

「貴様……正気か？」

俺は頷《うなず》く。

「ライエルさんは強い。俺一人では止められない可能性が高い。でも……。俺は、ライエルさんに借りがあるんだ。お前達の力を借りてでも、あの人を止めたい」

「………。いいだろう」

すると。思ったよりあっさり、その銀髪女はいった。

「一時休戦といこう」

「いいのか？」

「相手が相手だからな……。恐《おそ》らく私とツバサ二人がかりで戦っても、勝つのは厳しかった。——今回だけは、手を貸してやる」

「そ、そうか……」

「だが」

そういいながら。銀髪女は、俺に再度レイピアの切っ先を向けてきた。

「勘違《かんちが》いするな。私は、お前を許していない。それどころか。ライエル・ヒートには、そんな一生懸命《いっしょうけんめい》になるクセに、何故《なぜ》私には、あんな仕打ちをしたのか。腹立たしくさえ思っている」

「はあ……？」

俺は困惑《こんわく》した。

「な、なぁ……。いい加減、お前が誰《だれ》なのか。俺がお前に何をしたのか。教えてくれないか？　もし本当にそこまで恨《うら》みを買《か》うようなことをしてるなら、素直《すなお》に謝《あやま》るからし」

「断る」

しかし銀髪女は即答《そくとう》。

「いったハズだ。私の正体が知りたいなら、私を倒し、無理やり私から聞き出せと。それ以外の理由で、私はお前に名乗るつもりはない。私にもプライドくらいあるんだ……！」

憎々《にくにく》しげに、俺を睨《にら》みつけながら銀髪女。

その隣《となり》では、ツバサが同じように殺気を孕《はら》んだ目で、俺を睨みつけてきている。

……何故だ。何故まったく見知らぬ女に、俺はここまで恨まれている……⁉

「さぁ、そろそろ行くぞ。時間が惜《お》しい」

そういうなり。銀髪女は、ツバサと共に走り出す。

「ま、待て。じゃあ、本名じゃなくていいから。せめて、なんて呼べばいいかくらい教えてくれ」

俺はそれを追走しながら。銀髪女に聞いた。

「一時的とはいえ、仮にもパーティを組むんだ。呼び名がないと何かと不便だろう？」

「…………。ロザリー」

一瞬考えた後。その女は、そう答えた。

「ロザリー？」

「ああ。私のことは。ロザリーとでも呼べばいい」

そっけない口調で言い切るロザリー。

……ロザリー？

そんな名前、準決勝に残った一〇名の中に、書かれてたか……？　いや、でも、発表があったの一月半前だからな……俺の記憶《きおく》も曖昧だ。

しかし《ロザリー》……。

どこかで聞いたような名前の気がしたが……

やはり俺は、この銀髪女の正体を、どうしてもはっきり思い出すことが出来ない。

†

そんなこんなで、別に仲良くもない三人がパーティを組んで、城へ向かっているわけなので。

城までの道中は、俺達三人は、気まずい沈黙《ちんもく》に包まれていた。

が。

「……おい。グレン・ユーク」

走り出して、三、四分が経《た》った頃《ころ》だろうか。

意外にも、俺を恨んでいる女――銀髪女、ロザリーが、俺にそう声をかけ。沈黙を破ってきた。

「……なんだ？」

「気になっていたのだが。……メグはどうした？」

「は？」

「ローズハートだ。奴《やつ》も準決勝の一〇人までは残っていたはず。決勝の六人には残っていないのか？」

「…………」

俺はまじまじと、隣を走る銀髪女を見た。

メグを知っているということは。やはりこの女、傭学《ようがく》出身者か……⁉

「どうなんだ？」

「ん？　あ、あぁ。メグか……」

再度問われて。俺は、思考する対象をメグにシフトした。

そういえば……。今更《いまさら》ながら、思い出す。

件《くだん》の、王女が凶弾に倒《たお》れ、ライエルが激昂した時。

メグは、取り乱し、恐慌《きょうこう》状態の様になっていた。

（アイツ……あれからどうしたんだろうか？）

もしかしたら、俺と同じ様に――今頃《いまごろ》心を閉《と》ざし、闇《やみ》の底に座《すわ》り込んでいるのかもしれない。

だとしたら――さすがの俺も、それは少し心配だった。

（事が済んだら、様子くらい見にいってやるか……）

そう決める俺。

だが、その直後だった。

俺の目の前に、予想もつかない光景が、飛び込んできた。

ツバサの案内に従うままにやってきてたので、意図したわけではないのだが。

その時俺は、見覚えのある道を走っていた。

街道の脇《わき》に、中流家庭の建売民家が並ぶ、住宅街。

かつて、孤児《こじ》だった俺を引き取ってくれた養父母——後に遺産目当てで俺を殺そうとしたが——の家がこの界隈《かいわい》にあったので、よく知っていたのだ。

「？　おい。ユーク」

そんな複雑な感情を抱《いだ》いてしまう場所を、通過している最中だった。

ロザリーが、いった。

「あれ……メグじゃないのか？」

「……はあ？」

俺は耳を疑いつつ、視線を、ロザリーの指が指し示す方角へ向ける。

そこにいたのは、赤髪《あかがみ》の、チェックのカチューシャをはめた小柄《こがら》な女。

間違いなく、メグ・ローズハートだった。

が。

その姿を見た瞬間《しゅんかん》。

俺はあまりの困惑に、思わず足を止めた。

「？　？？？　どういう事だ？」

「おい。ユーク。何故止まる？」

不思議そうに聞いてくるのは、ロザリー。

そう。確かに本来なら止まる必要などない。

メグと遭遇《そうぐう》出来たのだから、声の一つでもかければいいのだろう。

だが、俺にはそれが出来なかった。

「何故メグが……あの家から出てくる？」

メグは今、俺達が走っていた街道に並ぶ、一軒《いっけん》の民家から出てきていたのだが。

その家は、俺にとって、ただの家ではなかった。

先ほどもいった通り、俺がかつて暮らしていた養父母の家は、この界隈にあるのだが。

今まさにメグは、その養父母の家――つまり俺が一年前まで住んでいた家から、ひょっこり姿を現していたのだ。

どこか冷たい——あまり俺に見せたことのないような目つきを浮《う》かべながら。

「？　？？？？」

状況《じょうきょう》がまったくわからなかった。

何故メグがあの養父母の家に？　この騒《さわ》ぎで、養父母を心配して行ってくれたのか……？　いやありえない。少なくとも俺が暮らしていた当時、メグと養父母に面識はなかった。

じゃあ……何故？

「あっ！　グレン！」

と、困惑し、立ち尽《つ》くしていると。

メグのほうがこちらに気づき、満面の笑みでこちらに駆《か》け寄《よ》ってきた。

「お……おう。お前……俺の（元）家で何してたんだ？」

俺は動揺《どうよう》を押し殺しながら、聞く。

「何って？　心配だから。グレンのお父さんとお母さんの様子見に行ったに決まってるじゃん。どーせグレンは、行ってあげないだろうし」

きょとん、とした表情でそう返してくるメグ。

「いや……様子見に行ったって……お前、あの二人と面識ないだろう？」

「え？……あるわよ。何いってんの？　一回、グレンの家、遊びにいったことあったじゃない」

「そ……そうだったか？」

「そうよ。忘れたの？」

「…………」

そうだった——のかもしれないが。

なんなんだろう。この腑《ふ》に落ちない感じは。

「何暗い顔してんの？　大丈夫《だいじょうぶ》。二人とも無事だったわよ？」

「そ……そうか」

別にそこの心配はしていないが……。

「久しぶりだな。メグ・ローズハート」

と、いまいち嚙《か》み合わない会話を続けていると。

いきなり、俺達の会話に割って入ってくる奴が現れた。

銀髪《ぎんぱつ》女——ロザリーである。

「フン。少しは女らしくなったじゃないか」

ニヤリと笑ってメグにいうロザリー。

が。

「………？　どなたですか？」

メグは。きょとんとしているだけ。

「なっ……貴様にまで忘れられたというのか……⁉　フッ……。どうやら私は……自分で思っていた以上に、不要品だったらしいな……」

自虐《じぎゃく》的に笑う銀髪女。

（グレン……この人。誰《だれ》？）

（さあ……。どうやら俺達の知り合いらしいが。正体を明かしたがらないんだ。ただ、人手がいるから、とりあえず、ライエルさんを止めるまでの間だけ、手を組むことにした）

「！　グレン達。ライエルさん止めに行くの？」

と、目を見開いて、メグ。

「だったら、私も連れてって！」

さらにメグは、そんなことをいってくる。

「しかし……大丈夫なのか？」

俺は聞いた。

「前回は、けっこう取り乱してたみたいだが……」

聞くと、メグは首を振《ふ》り、

「大丈夫。もう心の整理はついたし……それにやっぱり関係者として、ライエルさんを止める責任が私にもあると思う。……ミザ様の代わりに」

ボソリ、と呟《つぶや》く。

「そうだな……。よし。お前も来い。ライエルさんとは——四人で戦おう」

「うん！　ありがと、グレン！」

今ひとつ、俺の（元）家から出てきたことは、腑に落ちないが。

いまはそこを問《と》い詰《つ》めてる場合でもないしな……。

こうしていつの間にか四人編成になった俺達のパーティは。

ライエルさんを止める為《ため》、王城へと全力で向かう——。

†

そしてほどなく。

俺達はログレス王城に辿《たど》り着《つ》いた。

城門前に、衛兵の姿はなかった。破片体《はへんたい》を討伐《とうばつ》にいったのか、あるいは既《すで》にもうやられたのか——それはわからなかったが。

とにかく俺達は、何の問題もなく、王城の中へ突入《とつにゅう》に成功した。

正面入り口から突入した俺達は、城の中を全力疾走《しっそう》する。

恐《おそ》らく、ライエルは王女が凶弾に倒れた場所、二階の玉座の間だろう。

俺達は二階廊下《ろうか》に到達《とうたつ》、さらにスピードを上げて走る。

城の中は、人間の死体と破片体の死骸《しがい》がそこら中に転がる、凄惨《せいさん》な状況になっていた。

ライエルは、自分の城の中まで、徹底的《てっていてき》に滅《ほろ》ぼすつもりらしい……！

早く——早く止めないと——！

と、焦《あせ》っていると。

「おっと。ちょっと待った」

いきなり、前方に転がっていた、巨大《きょだい》な蟻《あり》の様な破片体の死骸からそんな声が聞こえ。

ゴウッ！　いきなり、その死骸を突《つ》き破《やぶ》り。

炎《ほのお》の槍《やり》が、俺達に向かって伸《の》びてきた。

「な——!?」

「くうっ!?」

いきなりの攻撃《こうげき》だったが、俺達は散開、かろうじてその攻撃を回避《かいひ》。

「な……だ、誰だ!?」

「オイオイ、スゲーな。誰にも当たらねーって」

ガンッ。その声の主は、炎上《えんじょう》を始めた破片体の死骸を足で蹴《け》って、自らの前から障害物を退場させる。

そして現れた人物を見て——俺とメグは、声をあげた。

「あ、あんたは……！」

「待ってたぜ。グレン・ユーク」

現れたのは、白いタンクトップにスキンヘッドの、筋骨隆々《りゆうりゆう》のオッサン。

そう——俺とメグが、オブシディアンとイレイザーレインを見つけた人形屋で店主をやっていた、あの炎の槍を使うオッサン！

な、懐《なつ》かしい。完全に忘れていた。

このオッサン！　このオッサンも、決勝戦まで残ってたのか……!?

「俺、メグ、ロザリー、ツバサ、ライエルさん……で五人だから。六人残った決勝戦参加者《ファイナリスト》。最後の一人、あんただったのか……！」

「そういや、自己紹介《しょうかい》してなかったっけか？」

オッサンはニヤリと笑い、

「俺はデルフォイ・ロン。元騎士《きし》で……今は人形屋だ」

「元騎士……？　元傭兵《ようへい》騎士ってことか？」

俺が聞くと、オッサンは肩《かた》をすくめ、

「ただの騎士さ。ま、今のお前らにいったところで、理解はできねーだろうが……」

嘆息《たんそく》まじりにオッサンはいい。

「ま、いいや。とにかく、俺の役目は終わったんでな。ズラかる前に、最後にグレン・ユーク。お前と決着つけようと思って——俺はここで待ってたんだ！」

ゴウッ！　わけのわからないことをいいながら、オッサンは、俺に向かって炎の槍を放出してくる！

「くっ……！」

なんなんだこのオッサンは……？

仕方ない。俺はオブシディアンで、伸びた炎の槍を払《はら》いつつ、

「メグ……お前ら、先行ってろ！　俺、このオッサンとケリつけてからいくから！」

「えぇっ!?」

不安そうな声でいったのは、メグ。

「で、でも……」

「いいから。止めるのが遅《おそ》くなればなるほど、被害《ひがい》は増えるぞ。先に行って、ライエルさんを止めてくれ……」

「わ……わかった。でもすぐ追いついてきてよ」

「任せろ」

というわけで、俺を残し。メグ、ロザリー、ツバサが、城の奥《おく》へと駆けていく。

残ったのは、オッサンと俺の二人のみ。

「よくわからんが。そこまでいうなら、相手になってやろう」

「ひひ。恩にきるよ。第八ピリオドの連中も捨てたもんじゃねーな。四対一じゃ、さすがに秒殺されてたろうし」

ゴウッ！　いうや否《いな》や、炎の槍での攻撃を再開してくるオッサン。

が。いい加減、この手の攻撃には目が慣れてきた。

俺は以前と同じ要領で、伸びた炎の槍を凍《こお》らせ——オッサンが凍った部分を切《き》り離《はな》し、体勢を整えてる間に——一気に懐《ふところ》へ飛び込む。

「いくぞ！　ディア！」

《はい！　ご主人様！》

「一撃《いちげき》でケリつけてやる！」

そして俺は、一気にオブシディアンを、炎の槍本体へ振り下ろそうとする。

──が。

瞬間《しゅんかん》、予想外のことが起こった。

「噴《ふん》っ！」

俺の一撃が槍に届く前に。オッサンが、右足で、一気に地面を踏《ふ》みしめたかと思うと。

ビシッ！　その足元を中心に、地面に強大な地割れが発生。

「うおお⁉」

そのまま、落盤《らくばん》に巻き込まれるように、俺とオッサンは崩《くず》れ落ちた床《ゆか》と共に、一気に一階へ落下！

「驚《おどろ》いたろ？」

砂塵舞い上がる瓦礫の上。いつの間にか距離《きょり》をとったオッサンが、少し離れた位置から嬉《うれ》しそうにいってくる。

「『巨人の槍《バンデッドゲート》』。持ち主の筋力を一〇倍に増幅《ぞうふく》する剣精《レイダー》だってよ。一回戦で手に入れた、俺のもう一つの能力」

満足そうにいうオッサン。

そ、そうかなるほど。このオッサン、ここまでの剣精試練《レイダー・ゲーム》で、他の剣精《レイダー》の能力手に入れてたのか……！

「これ、けっこー便利なんだぜ？　オラッ！」

いいながら、落ちている瓦礫《がれき》を、俺に向かって蹴り飛ばしてくるオッサン。

「うおお⁉」

筋力が増強されたオッサンの蹴りで、蹴った瞬間瓦礫は粉砕《ふんさい》。そのまま炸裂弾《さくれつだん》の様に、石飛礫《つぶて》は俺に襲《おそ》い掛《か》かってくる。

「でぇっ！」

俺は右方向に前転しながら、かろうじてそれを回避。頭上スレスレを、飛礫の群れが飛行していく。

「チッ……避《さ》けるのだけは異常にうめぇ野郎《やろう》だ」

「……実はそれが俺の武器なんでな」

敵の攻撃薄皮《うすかわ》一枚、ギリギリのところでかわす。

偏学時代のあだ名『薄氷《はくひょう》』のグレンは、そういうところからきていた。回避能力は、今でもそれなりに高いつもりである。

だが、避けてるだけじゃ、勝ち目はない。なんとかあの石飛礫をかいくぐり、攻撃する方法を見つけないと——

《ご主人様！　こうなったら、アレの出番じゃありませんか!?》

と、脳内に、ディアの声が聞こえてきた。

「？　アレ？」

「『雷刀《スピネル》』ですよ！」

「あ……！」

そ、そうだ——。

今の今まで、コロッと忘れてた。

俺が持っている能力は、『オブシディアン』だけじゃない。

俺にも、二回戦でアイツからかっぱらった、あの能力があるじゃないか！

「ナイスだ、ディア。後で二万相棒ポイント進呈《しんてい》するぞ」

《ホ、ホントですか!?》

「ああ。これで——なんとか勝てそうだ」

「誰《だれ》が誰に勝てるって!?」

いいながらオッサンは、再び問答無用で飛礫を俺に向かって蹴っ飛ばしてきた。

しかし俺は、カッと目を見開き。飛来してくる飛礫群を回避しつつ、前進出来るルートを検索《けんさく》。回避能力全開！

頭を振《ふ》り、剣で叩《たた》き落とし、時には身体《からだ》をくねらせながら——飛礫群の中を前進する。

「こ、このガキッ！」

オッサンが喚《わめ》く中。俺はオッサンとの距離を、三、四メートル程《ほど》にまで縮めた。

そして、

「ディア！」

俺が、剣《けん》をオッサンの方に思いっきり振ると、

《了解《りょうかい》です！『雷刀《スピネル》』能力発動!!》

オブシディアンの色が、一時的に稲穂《いなほ》色《いろ》に変わり——

バシュッ！　剣の切っ先から、稲妻《いなずま》の矢が発射！

「なっ!?」

驚愕《きょうがく》の色を顔に浮《う》かべるオッサン。しかしその瞬間には既に稲妻はオッサンの手を打ち、真紅《しんく》の槍を弾《はじ》き飛ばしていた！

「今度こそ、終わりだ、オッサン」

オッサンが呆然《ぼうぜん》となる中、俺は床に転がった槍との距離をつめ、ズガァ！

容赦《ようしゃ》のない、オブシディアンによる一撃を喰《く》らわせる！

「デルフォイおじさん……ごめんね」

するとちょっと心が痛むような捨てゼリフを残し、剣精《レイダー》――真紅の槍は真っ二つになり。

次の瞬間、一瞬人形の姿に戻《もど》ったかと思うと。

そのまま、俺達の前から、消えてなくなった。

†

「くっそー……負けたか」

真紅の槍を失ったオッサンは、腰《こし》に手をあて、盛大《せいだい》に苦笑《くしょう》した。

「まさか、遠距離《えんきょり》攻撃《こうげき》用の能力まで持ってるとはな……」

「《剣聖》にプレゼントされたんだ」

そう。今の稲妻の矢を飛ばす能力は、二回戦の――もう名前も思い出せないが。あの一発屋女が持っていた、『雷刀《スピネル》』から手に入れた能力だった。

ほとんどタダ同然で手に入れたわりに、恐《おそ》ろしく便利な能力だったな、コレ……。

「ま、でもいいや。今回は負けで。どうせお前とはまた殺り遭《あ》うことになるだろうしな。グレン・ユーク」

笑うオッサン。

「え？」

「……ま。とにかく、いまは、全力で目の前の敵と戦えばいい。『巨人の槍《バンデッドゲート》』と『炎帝の槍《ファイアゲート》』の能力は、お前にやる。せいぜい有効活用してくれや。じゃあな」

それだけ言い残すと。オッサンは、目の前から去っていった。

(結局なんだったんだ、あのオッサンは……!?)

気になったが。——いろいろ考えるのは、後だ。

俺は、玉座の間へと続く、目の前に続く廊下《ろうか》を見据《みす》える。

けっこう時間をとられてしまった……メグ達は、もうライエルと交戦している頃《ころ》だろう。

「さすがにこっちは三人いるんだ……まさか負けてないとは思うが……」

《急ぎましょう、ご主人様》

そして俺達は、今度こそ最終決戦に挑《いど》むべく、ライエルがいるハズの玉座の間へ向かって駆《か》け出《だ》した——。

†

しかし玉座の間に辿《たど》り着《つ》き、階段を上りきった俺が見たものは——

玉座に、悠然《ゆうぜん》と腰掛《こしか》けている金髪《きんぱつ》の男、ライエル・ヒート。

そしてその周りに転がっている、地面にうつ伏《ぶ》せになったまま、ピクリとも動かないメグ、ロザリー、ツバサの姿。

「お、お前ら…………負けたのか？」

俺は愕然《がくぜん》となった。

「ライエルさん……」

そして次いで、玉座に座《すわ》ったままのライエルを見る。

ライエルは、氷の様な眼差《まなざ》しで、俺を見つめていた。

その表情には。かつての快活さは微塵《みじん》も残されていない。

ただただ。ただただその瞳《ひとみ》は、冷淡《れいたん》に、この世界を見つめている。

何故か連日飲み歩いた日々が脳裏《のうり》に蘇《よみがえ》り。俺は一瞬、泣きそうになった。

「……ライエルさん。表の破片体《はへんたい》を操《あやつ》ってるのは……」

俺は、ライエルの手の中の、黒剣──恐らく『女王の鞭《ブラックダイアモンド》』入りの、ライエルの剣精《レイダー》を見ながら尋《たず》ねた。

「…………」

ライエルは答えない。

それが答えなのだろう。

「ライエルさん……。もう止められないんですか？」

「止める？……どこに止める必要があるんだ？」

ゆっくり立ち上がりながら、初めて、ライエルは口を開いた。

「グレン。前にお前もいってたじゃねぇか。人間なんて……屑《くず》ばかりだって」

淡々《たんたん》と、静かに沈《しず》んだ声でいうライエル。

「確かに。その通りだよ。生まれが悪けりゃ、そいつを見下し。成功者を見れば、そいつを妬《ねた》む。結果、罪もない人間が殺された」

「そ……そうですけど！　ライエルさん！　そうじゃないって……全員が全員、クズじゃないって。俺は、あなたに教えられたんです！」

「……そりゃまた随分間違《ずいぶんまちが》った解釈《かいしゃく》したな。グレン。俺は最初から思っていたよ。親に捨てられ、孤児院《こじいん》にブチ込まれたあの夜から、思ってた。この世には、屑しかいないって」

「う、うそだ！」

「うるせぇ！　だったら何故《なぜ》だ!?　何故ミザが死んだ！」

ヒステリックな声で叫《さけ》ぶライエル。

「俺は腹が立ってるんだよグレン。ザザンを細切れにしたくらいじゃ収まりがつかねぇ。ザザンみてぇな奴《やつ》を作ったのは誰だ？　この世界そのものだよ！　俺は世界そのものを壊さねぇと――気が済まねぇんだ！」

と、ライエルが叫んだ、次の瞬間《しゅんかん》だった。

フッ――。ライエルの姿が、視界から消えたかと思うと。

瞬間、頭上に、押しつぶされそうな強烈《きょうれつ》な殺気。

そこには、俺を殺そうと、強烈な速度で俺に飛び掛《か》かってきた、ライエルの姿があった。

「くっ――！」

やるしかないのか――!?

俺は殺気を感じた刹那《せつな》、思いっきり、右方向に跳躍《ちょうやく》。かろうじて回避《かいひ》する。

その直後だった。

ズッガァァ！　俺が、たった今まで立っていた場所に、ライエル・ヒートの黒剣《こくけん》による一撃《いちげき》が炸裂《さくれつ》。

凄《すさ》まじい威力《いりょく》だった！『王道』ライエル・ヒートによる一撃は、玉座の間の石造りの床《ゆか》に巨大《きょだい》な亀裂《きれつ》を生んだかと思うと、そのまま、ライエルを中心とした半径二、三メートルの範囲《はんい》の床が、完全に崩壊《ほうかい》！

『巨人の槍《バンデッドゲート》』を使ってるわけでもないのに、たかが剣による一撃が、なんて威力！

俺の目の前で、瓦礫《がれき》と共に、ライエルは床を突《つ》き破《やぶ》り、玉座の間の下へ落下していった。

《ご、ご主人様！　ご主人様一人で、あんな人に勝てるんでございますか!?》

その光景を見たディアが、驚愕したようにいってくる。

「やるしかないだろう……！　俺が負けたらログレスは滅亡《めつぼう》だ」

出来れば、メグ達の助力を得たいところだったが。

あの三人は、死んだようにピクリとも動かない。到底《とうてい》、戦力として数えるのは無理だろう。

こうなったら。策を弄《ろう》し、なんとか俺一人でライエルと戦うしかない。

ゴバンッ！

と、その瞬間。俺の足元の床が、いきなり隆起《りゅうき》したかと思うと。

ドッガァ！　そこの床が吹《ふ》き飛び、そしてその穴からライエルが二階に戻ってきた！

すんでのところでそれを回避した俺は、オブシディアンを構え、一対一の勝負に挑むべく臨戦態勢に入る。

「俺がライエルさんより優《すぐ》れてるのは、持ってる剣精《レイダー》のバリエーションだけだ……。ディア。とりあえず、『雷刀《スピネル》』！」

《御意《ぎょい》！『雷刀《スピネル》』発動！》

瞬間、ディアが、刀身を黄金色に変化させ、その尖端《せんたん》から、稲妻の矢を放射！

ライエルに一直線に向かわせた。が。

「…………」

ライエルは、その雷《かみなり》を見ても、顔色一つ変えず。悠然と手の中の黒剣で稲妻の矢を搦《から》め捕るように薙《な》ぎ払《はら》い、なんと、俺の稲妻の力を、自分の黒剣に帯電させ、留《と》めた。

そして今度はその剣を振り、溜《た》まった稲妻のチカラを、俺に向かって逆に放出し返してくる。

「なっ……！　どうやったらそんなことが……!?　くそ！　ディア！」

《御意！　もういっちょです！》

仕方なく俺はもう一度『雷刀《スピネル》』の稲妻の矢を放出、向こうが放った稲妻の矢にぶつけ相《そう》殺《さい》！

ズッガァア！　瞬間、俺とライエルの間で白い閃光《せんこう》と共に小爆発《ばくはつ》が起こる。

《ご、ご主人さま……あの人、凄《すご》いです！》

ゴゴゴゴ……！　爆発の中、ライエルの技量に舌を巻くようにディア。

「そんなことは、最初から分かってるよ……！　だが攻《せ》め続けるしかないだろう」

目の前で、巻き起こっていた閃光が徐々《じょじょ》に収まり、視界がクリアになっていく。

その向こうで、ライエル・ヒートが悠然と立っているのが見えた。

「よし――ディア！　次、『炎帝の槍《ファイアゲート》』！」

《やってみます！　ファイアゲート！》

瞬間、赤くなった俺の剣から。ゴウッ！　もう俺にとってはお馴染み、さっきオッサンから受け継いだ赤い炎《ほのお》の槍《やり》が、猛烈《もうれつ》な勢いで出現、ライエルに向かって一直線に伸《の》びていく。

『雷刀《スピネル》』の雷撃《らいげき》とは違い、『炎帝の槍《ファイアゲート》』の炎は、さすがに剣ではさばけないらしい。

「…………」

ライエルは慎重《しんちょう》にそれを見極《みきわ》め、軽く右にステップ。炎の槍を回避した。

「かかったな――！」

チャンス到来《とうらい》……！

ここからが、俺も散々苦しんだ、炎の槍《ファイアゲート》の本領発揮だ！

「ディア！　曲げろ！」

《曲げます！》

瞬間、くいっ！　ライエルの横を通り過ぎようとしていた炎の槍が、唐突《とうとつ》に九〇度進路変更《へんこう》！　ステップし終えたばかりのライエルへ、再度迫《せま》っていく！

「っ！」

そしてそれは、あのライエルをもってしても多少驚《おどろ》きだったらしい。

目を見開き、やや慌《あわ》てたように今度は後ろにステップ。しかし当然、俺は今度はそっちに炎の槍《ファイアゲート》を誘導《ゆうどう》、追尾《ついび》！　ライエルがかわし、炎が追う。しばらくその攻防《こうぼう》が続く。

しかし、並の相手ならともかく、相手はライエル・ヒート。

いつまでも、そんな単調な攻撃《こうげき》が通用するワケがなく――ドゴン！　ライエルは、石畳《いしだたみ》の床を、黒剣の一撃で破壊《はかい》すると。そのまま、俺の視界が届かない一階へ一時逃走《とうそう》した。

そして次の瞬間。

ドゴッ！　さっきとまったく同じ流れで、俺の足元がいきなり隆起。

また俺の足元の床を突き破り、上に上がってくるつもりなのだろう。

が――

その瞬間。

俺は咄嗟《とっさ》にあるアイデアを思いついていた。

「ディア！　『巨人の槍《バンデッドゲート》』！」

《⁉　ははは、はい！》

「おぉぉぉうりゃあああああ！」

その刹那！　倍増した脚力《きゃくりょく》で、さっきのオッサンとまったく同じ要領で、今まさに下から突き破られようとしている床を、逆におもいっきり踏《ふ》みしめてみた！

さすがに、下からライエルが突き上げる力より、一〇倍に増強された俺の踏みつけの力のほうが威力は上だった！

ドッゴォォォン！　盛り上がりかけていた石床は、今度は反対方向へたわみ、瓦礫の滝《たき》と共に、飛び上がっていたライエルを階下へ吹き飛ばす！

「おし……どーだ⁉」

俺は崩《くず》れ落ちる床から飛びのきながら、思わず叫んだ！

筋力増強蹴《げ》りと、瓦礫の雨が、完全にカウンターで決まったハズ。いくらライエルでも、あれ喰《く》らえば――！

恐《おそ》る恐る、落ちたライエルを確認《かくにん》すべく、いま空いた穴を覗《のぞ》き込む俺。

――が。

バァン！　階下で、瓦礫を吹き飛ばすような音が鳴《な》り響《ひび》いたかと思うと。

シュッ。穴から、玉座の間に、人影《ひとかげ》が入り込んできた。

「くっ……もう動けるのか……!?」

入り込んできたのは、もちろんライエル・ヒートだ。

が。さすがにライエルは無傷ではなかった。戻《もど》ってきたライエルは、頭からダクダク流血し、微妙《びみよう》にフラついていた。

（チャンス……！）

ライエルを倒《たお》せるとしたら、ここしかない。

「いくぞ！」

俺は決着をつけるべく。『巨人の槍《バンデッドゲート》』で強化した筋力のまま、ライエルに突っ込み、縦に思いっきり氷剣で斬《き》りかかった。

が。

くるり。ライエルは踊《おど》りでも踊るように軽《かろ》やかに旋回《せんかい》、俺の斬撃《ざんげき》を軽々とかわし——

「破っ！」

そのままその反動を利用して、後ろ回し蹴りを放ってくる！　なっ——！

「ガフッ——!?」

避《さ》けられなかった！

そしてなんという蹴りの威力！

次の瞬間には、俺は数メートルほど吹き飛び。

俺はそのまま玉座の間の入り口と玉座を繋《つな》ぐ、赤絨毯《じゅうたん》の上をゴミくずのように転がり落ちた。

「う・ぐ・ぐ・ぐ……!?」

全身に痛みが走ったが、とりわけ、蹴りを喰らった胸の痛みは強烈だった。口から血が混じった咳《せき》は出るわ、息をするだけでも痛いわ……どうやら肋骨《ろっこつ》が折れたらしい。

一撃で、形勢は逆転した。こりゃ、メグ達が、負けるわけだ……！

（くそ……いかに弱っているとはいえ。ライエルに真っ向勝負を挑《いど》んだのは失敗だったか……!?）

さすが最強の傭兵《ようへい》。こっちは筋力を増強してるのに、まるっきり戦闘《せんとう》じゃ歯が立たないようだ。

「終わりだ」

深刻なダメージに、床に転がったまま動けずにいると、前方から声。

そこには、流血しているにも拘《かか》わらず、顔色一つ変えないライエルの姿。

ライエルは、一歩一歩、俺にトドメを刺《さ》すべく近づいてきていた。

《ご、ご主人様ぁ！　きましたよ！　立たないと！》

「う、ぐぅぅ……」

いわれるまでもなく、俺は、オブシディアンを握《にぎ》って立とうとするが——

口からごぼごぼ血が流れるだけで、まるで全身に力が入らなかった。どころか、徐々に、視界がボヤけ始める。

や、やばい。マジで一瞬《いっしゅん》にして、深刻なダメージを負ったらしい。

視界の中で、徐々にライエルが近づいてくるのが見えるが、やはり力が入らない。

(ク……ここまでか……!?)

せめてもの抵抗《ていこう》に、寝転《ねころ》がったままライエルを睨《にら》みつける俺。

するとその瞬間。そのライエルの全身に、細い糸の様なものが巻きついた。

†

一瞬、何が起こったのか、理解できなかったが。

「グ、グレン・ユーク……！　この根性《こんじょう》ナシが。さっさと立ち上がれ」

「グレン！　負けちゃダメよ！　あんたの頑張《がんば》りに、この国の命運かかってるのよ⁉」

階段の上に、ライエル以上にフラフラの状態で、片手でかろうじて、レイピアを構えているロザリー。そしてそのロザリーに肩《かた》をかしているメグの姿を見て――俺はようやく状《じょう》況《きょう》を理解した。

ロザリーが。サーペンティアンで、ライエルを一時足止めしてくれたのだ。

さらに。

ツカカカカ！　ライエルの影《かげ》に、数本の小刀が突《つ》き刺さり。ガクンッ。ライエルが完全に動きを止めた。

放ったのは、ロザリーの隣《となり》で、這《は》い蹲《つくば》りながら片手だけを動かしていたツバサ。

『今回だけ、特別サービス。……だから勝って』

そしてツバサは。こんな状況下にも拘わらず、わざわざスケブに文字を書き、俺にそう忠告してくる。

「くっ……！」

これだけ期待されてる状況で、立たないわけにもいかない。

「うぐぐぉ……！」

オブシディアンを杖《つえ》に、俺はゆっくり立ち上がる。

ロザリーのサーペンティアンと、ツバサの妙《みょう》な技《わざ》で動きを止めているとはいえ。ライエルさんのことだし、いつまで動きを止めておけるか分からない。

「ライエルさん――」

ライエルさんに、ゆっくり近づきながら。

俺はライエルさんに、何かをいおうとしたが。

この期《ご》に及《およ》んで、俺がライエルさんにかけられる言葉など、ありはしなかった。

けだるげなライエルさんの眼差《まなざ》しに押され。

ズッガァァァァ！

俺はケリをつけるべく。ライエルさんの黒剣《こくけん》を、俺はオブシディアンで思いっきり薙《な》ぎ払《はら》った。

エピローグ——B

「第七ピリオドの連中は？」

八つの人影が集まる畳部屋。やや不機嫌な声があがる。

「とりあえず何割かは始末した。けど、かなりの数の《消し忘れ》がいるみたい」

「……何故《なぜ》こんなことになった？」

「…………」

「…………まぁいいさ。これくらいのイレギュラー。あったほうが面白《おもしろ》い」

不敵に笑ったのは、イガグリ頭の少年だ。

「ゲームの駒《こま》なんかに、俺達が負けるハズがねぇからな。ここから、向こうがどう動くのか、お手並み拝見といこうじゃねぇか——」

その部屋にはもう。

先ほどまでの賑《にぎ》やかな雰囲気《ふんいき》は、一切《いっさい》残されていない。

エピローグ――A

玉座の間では。

誰《だれ》もが、放心していた。

剣精《レイダー》を失ったライエル。

そのライエルを見て、座《すわ》り込んだメグ、ロザリー、ツバサ。

そして俺も。俺も放心していた。

破片体《はへんたい》は基本的に、人里に入ることを嫌《きら》う。

破片体の洗脳が解けた今、これでほとんどが、ログレスから立ち去るだろう。

だが――そこに達成感は、何もない。

これで王女が蘇《よみがえ》るわけでもない。

そしてライエルさんが犯した罪は、重大だ。これがどう裁かれるのか、俺達にはわからない。

街では、かなりの死者が出ているだろう。

王城内も、度重《たびかさ》なるクーデターでボロボロだ。

ログレスの未来は、明るいとは到底《とうてい》思えない。
それを考えると、相当、暗い気持ちにならざるをえなかった。

ヴィィ——。ヴィィ——。

そんな沈《しず》んだ空間に。
どこか不吉《ふきつ》さすら感じさせる振動《しんどう》音が響き渡《わた》ったのは、そんな瞬間だった。

【決勝戦終了《しゅうりょう》のお知らせ】

みなさま、大変お疲《つか》れ様《さま》でした。
《ライエル・ヒート》討伐《とうばつ》。
及《およ》び、剣精試練《レイダー・ゲーム》参加者数が、四名にまで絞《しぼ》りこまれましたので。
現時点を持って、剣精試練《レイダー・ゲーム》、決勝戦を終了させて頂きます！

まず、タグに書かれていたのは、こんな文書だった。

そういえば……。

ライエルも脱落《だつらく》し。

今剣精試練《レイダー・ゲーム》に残ってるのは、俺、メグ、ロザリー、ツバサの四人。

(俺、至高の四本《エントリーフォー》に、選ばれたのか……)

しかし、到底、喜ぶ気にもなれない。

そもそも、ログレスがこんなに荒《あ》れてしまったのは、『女王の鞭《ブラックダイアモンド》』なんて物騒《ぶっそう》な物を地上に持ち込んだ剣精試練《レイダー・ゲーム》のせいでもあるのだ。

にも拘《かか》わらず、少しも悪びれず、こんな文章を送ってくる剣精試練《レイダー・ゲーム》委員会に、俺はむしろ腹が立った。

思わず、怒《いか》り任せに、タグを思いっきり握りつぶそうとする——

が。

俺はすんでのところで、また書かれている文章を全文読んでいないことに気づき——一応、その続きに目を通す。

するとそこには――目を剝《む》くようなことが書かれていた。

さて、今回勝ち上がった四名様には。

引き続き、ログレス地区代表として。

八国対抗剣精試練《たいこうレイダー・ゲーム》に参加していただくことになります。

この瞬間をもって、ログレス地区の天族、及び地上全命体の未来は、あなた方四名に委《ゆだ》ねられます。

ログレス代表の誇《ほこ》りを汚《けが》さぬ、素晴《すば》らしい戦いを我々一同、心からご期待しております。

剣精試練《レイダー・ゲーム》委員会（ログレス地区担当）

「はあ？」

困惑《こんわく》した声を最初にあげたのは、誰だっただろう。

「ログレス地区代表？」

「八国対抗《レイダー・ゲーム》？」

「剣精試練《レイダー・ゲーム》？」

ほぼ同時にタグを読み終えた俺達は、四人同時にまぬけな声をあげた。

「な……何をいってるんだ、コイツらは？」

誰も、瞬時《しゅんじ》には、事態を把握《はあく》できなかった。

なんだ……ログレス地区代表って。

剣精試練《レイダー・ゲーム》は——これで終わりじゃないのか⁉

「オ、オイ……！　どういう事だ⁉」

俺は嫌《いや》な予感を覚えつつ。慌《あわ》ててディアに詰《つ》め寄《よ》った。

しかしディアは呆然《ぼうぜん》と首を振《ふ》り、

「わ……わかりません。わたくしも、これで終わりだと思っておりました……これは一体……」

困惑しきった表情を浮《う》かべている。

どうやらディアも、この展開のことは知らされていなかったらしい。

「グ、グレン！　ちょっと、外！　外見て！」

と、そんな中。いきなりメグが素《す》っ頓狂《とんきょう》な声をあげた。

「?」

いわれた俺、そしてロザリー、ツバサは、玉座の間に備え付けられていた窓から、外の景色をのぞく。

「あぁぁ……っ!」

瞬間。全員が、絶句した。

俺達の目の前で。

空に、巨大な亀裂が走っていた。

さらにその亀裂は、徐々《じょじょ》に、左右に大きく広がっていき——その向こうから、見たこともない、もう一つの空——燃える様に赤い茜色《あかねいろ》の空が現れる。

「あ、あれは……本物の空じゃないのか?」

呟いたのは、ロザリー。

「という事は……『黒のオーロラ』が消えたのか?」

想定外の事件の連続に、俺達は、ただただ呆然となる。

「これから何が起こるっていうんだ……!?」

この時の俺達は、当然、まだ気づいていなかった。

自分達が、他の七国をも巻き込んだ、世界の命運を懸《か》けた戦いに引き寄せられつつあることを。

そしてもうとっくに引き返せない状況《じょうきょう》になっていることを。

俺もメグもロザリーもツバサも。

誰一人《だれひとり》、本当の意味では、事の重大さを理解していなかったのである。

【to be continued】

あとがき

問題。この本で、作者が書けといわれたあとがきページ数は、一体何ページでしょう？

答え…………一五ページ。

多っ……!!

――はじめまして。はじめましてじゃない方もいらっしゃると思いますが、とりあえず、新シリーズということで、あらためて自己紹介させていただきます。

大楽絢太《だいらくけんた》（ちなみによく、なんでそんなおめでたいペンネームつけたの？　と聞かれますが、違います……これ本名です……）といいます。

お仕事の経歴《けいれき》としては、去年まで富士見書房から、『七人の武器屋』という本を九冊《さつ》ほど書かせていただいていました。

この『テツワンレイダー』が、人生で二番目に書くシリーズとなります。久々の新刊で緊張《きんちょう》しております。

新シリーズ、どうぞよろしくお願いします。

というわけで、『テツワンレイダー』いかがだったでしょう。

今作は、とりあえず、規模のデカイ、巻が進んで、終盤《しゅうばん》にいけばいくほどいろいろ伏線《ふくせん》からみあってきて――！　みたいな作品に挑戦しています（というか、前作の反動からか、なんか自然とそうなった……）。

二巻以降、いろいろ加速してうねっていく予定ですんで、ここから先もお付き合いしてもらえれば幸いです！

……これで二ページ。あと一三ページですか。あまりに絶望的な戦いに、盛り上がってきました。

何を話しましょうか。

とりあえず、ベタですが、去年『七人の武器屋』最終巻を書き上げた辺りから、いままで何をしてたか、空白の一年半についてでも書きましょうか。

手元に、手書きの日記があるので。ではそれも参考にしながら、今日（二〇〇九年、一〇月九日）までの一年半を振り返ってみるとします。

基本、日記のママの文体にするんで、妙《みょう》な箇所《かしょ》あっても気にしないでください。

・二〇〇八年、三月二十九日（土）（一年半前）
・まあまあの日か……？　いや、ここにきてプロット組みなおさざるをえないせいもあって（昨日のケツぬぐい）、シーン的にはワンシーンも進んでへんけど……。ちらほらプレッシャーが……。プレッシャーの正体は、《締め切りまでにうまくできひんかもしれん》という不安。はねのけて、締め切りまでにうまくやろう……。没頭……。

これは、前シリーズ最終巻執筆中の、最終盤の頃の日記です。

なんかリアル……！　そして意外と殊勝《しゅしょう》なことといってますね……。

・二〇〇八年、三月三十一日（月）

・三月最後の日。来週月曜（四月七日）が締め切りに大決定。ギリギリいけそうや。がんばる。今日は衛星神殿編のプロットを組みなおした。

その翌日。
なんか決意に燃えてます。

・二〇〇八年、四月一七日（木）

・ようやく、武器屋九巻完結。

この一文のみ。ここでようやく前作最終巻完成です。

ただ、よく見ると、一つ前の日記で大決定した締め切りから、一〇日ほど遅れて完成していますね。大丈夫だったんでしょうか過去の僕は……。

・二〇〇八年、四月一八日（金）

・一日『マザー3』。

この日の日記は、これだけです。『マザー3』というのは、ゲームボーイアドバンスのゲームですね。そのまんま、たぶんひたすらマザー3をやってた日だったんでしょう……。この辺は、武器屋書き終えた直後やからか、けっこうダラけてます。

・二〇〇八年、四月一九日（土）

・マザー3くらい？　なーんもやる気セン。なーんも。なーんも。正直マザーすらやりすぎて嫌になってきてる。

・二〇〇八年、五月一八日（日）。

・『BIG4』のプロットを、一八時くらいに起きて、零時くらいまで練る。その後、バタフライエフェクトの一、二を借りる。ツタヤで。観て。寝る。

去年の五月。この辺から、新シリーズ製作に着手していますね。

『BIG4』というのは、今作『テツワンレイダー』の前にやろうとしていた企画です。勇者や魔王が主人公の話はいっぱいあるけど、魔王軍の《四天王》が主役の話はそんなにないんじゃないか……その中間管理職的な苦悩を書けば面白くなるんじゃないか……というコンセプトの下に書かれていた、四天王による、四天王のための、四天王ラノベです。

当初は、武器屋の後には、これをやる予定でした。……が。

・二〇〇八年、七月二〇日(日)。

・しかし──『BIG4』、調子ワリぃ。マジで、何がやりたいの？　ってかんじ。四天王？　異世界モノ？　現代？　シリーズ全体を見越した構成とか、売れる要素とか、自分が読みたい話とか、青春とか、気負いとか。ごちゃごちゃしてる。ごちゃごちゃしてる。ごちゃごちゃしてる……。

まぁ、こういう感じで、驚異的なほど迷走し。

七転八倒（比喩《ひゆ》じゃなく、本当に七回ほど主人公、舞台、その他もろもろが変わった……）の末、それでもどうしても書けなくて、いろんな人に迷惑《めいわく》をかけながら、この企画は立ち消えになりました……。関係者のみなさん、ご迷惑をおかけしました。

この企画に関しても、いつかこのテーマを消化できるくらいレベルがあがったら、また挑戦したいな、と思っています……。

・二〇〇八年、五月二十二日（木）

・今日から、御徒町《おかちまち》で、アイス屋の屋台のバイトが始まる。辞めてぇ。楽なんやけど、辞めてぇ……。

・二〇〇八年、八月二日（土）。

・生還。エジプト。地獄。二度と行かへん。

この間、文筆業だけでなく、プライベートでも、けっこういろいろあったようです。

春〜夏場は、おカネもないんで、アイス屋の屋台でバイトしたりしてました……。

エジプトは……まぁ、一〇日ほど、友達と二人で乗り込んできたんですが。初日に持ち金九割巻き上げられて、野宿を繰り返さざるを得ない地獄を見たので、こんな感想に……。せっかくエジプト行ったのに、僕ら、ピラミッドの中にも入ってないですからね。一日中、ひたすら公園の木陰に座ってました。この辺のことは、そのうちブログででも書ければ、と思ってます……。

さて、肝心《かんじん》の執筆の方は……。

・二〇〇八年、九月三日（水）
・しかし……絶望的に調子悪い。てか、苦戦してる。もう一週間、プロット切り直し続けてるぞ……？　明日にはなんとかなってますように……。
・二〇〇八年、九月九日（火）
・うーん……キツ……くもなく、ツラ……くもない。なんか人生の現実感が……。プロット、まったく進まず。『BIG4』、合宿編で何をやるのかサッパリ……。

・二〇〇八年、九月一一日（木）

・んー……なんか無気力……。つーか、ずいぶん……。いや……意外に元気なんか？　無気力ぶってるだけで。でも頭がボーっとしてるハズやねんたぶんちがうの？

この辺は、文体から見ても、もう、どんづまりの極地ですね……（怖）。この時期は確か、最後の日記に書かれてる通り、考え事しようとしても、すぐ頭と心が重くなって、何故か何も考えられなかった時期です。コンビニ行く途中で、心重くなりすぎて、猛烈《もうれつ》に気持ち悪くなって、一日ベッドの上で寝てる……とかやってました。僕もヤキが回ったもんですネ。

さぁ、そんなこんなで去年の秋、一年前まで日記が進みましたが。そんな中。二〇〇八年、一〇月。ちょっとした事件が起こります。や、事件というと大げさですが。

簡単にいうと、去年の一〇月を境に、担当編集者さんが変更になったんです。

デビューからお世話になってたT野さんから、今の担当のT木さんへのチェンジです。

まぁ、僕の溢れる感謝の気持ちは恐らく伝わってると思うので、いまさら詳《くわ》しくは書きませんが。T野さん、三年間お世話になりました。新シリーズはこういう感じでやっていこうと思います。時間あったら、また読んでやってください。

そして、新担当、T木さん。これからよろしくお願いします。

ちなみに新担当のT木さんは、だいぶ年上ですが、かなりイケメンの渋いオジサマです。
①自分の作品に耐えられず自分でボツにする習性がある、②普段は遅いが、一度ノれば筆が速い――キャラを演じているが、実は最初から最後まで筆が遅い、③締め切りをやんわりと守れない――と、厄介極《やっかいきわ》まりないポンコツプロペラ飛行機の僕を、壮絶なる懐《ふところ》の広さで受け入れ、なんとか本の出版まで導いて飛ばしてくれました。
お盆休みの時なんか、締め切りを守れなかった僕の為に、里帰りした先でわざわざ僕の原稿を郵送で受け取って、そこで読んで、改稿の指示をくれたほどです。

T木さん、今後とも、よろしくお願いします。でも……僕の厄介さは……こんなもんじゃない……かも……。

さて、担当さんが変わった、去年の一〇月。

この辺から、企画も一から練り直そうということで、本格的に、『テツワンレイダー』が動き始めました。

とはいえ、あれだけ難産だったものが、企画を変えたからといって、いきなり好転するわけもありません。

『テツワンレイダー』は『テツワンレイダー』で、やはり難航します。

――一気に時間は半年ほどワープします。

・二〇〇九年、二月二五日（水）

・相変わらず、調子悪し。新作原稿、半分まで書く↓読み返す↓何か違う↓破棄――の繰り返し。なんで……何か違う話書いてしまうんやろ……。

やはり七転八倒しまくってます……。

この後、一応今の原型になるものに辿《たど》り着《つ》くことは辿り着くんですが、辿り着いた頃には、季節はもう既に春になっていました……。

そういえば、春といえばこの頃、プライベートの方では、もう一部では有名らしいですが、僕は《ヤキトリ屋》でバイトしていました。

一年前にやってたアイス屋は、エジプトから帰ってきたら、たこ焼き屋に吸収されてなくなってたので……。

・二〇〇九年、四月二六日（日）

・学校の説明会。なんか大変そうな雰囲気《ふんいき》……わかってたけど、楽しいばっかりじゃなさそうや……。

四月の日記には、こんな記述もあります。学校の説明会。これは……まぁ、どう説明したらいいのか。とにかく閉塞したこの状況を変えたいと考え、決断した結果。

僕は気分転換もかねて、今年の四月、とある学校に入学したのです。

その学校は、NSC東京校という名前の学校で……まぁ、要するに、あの超有名な、お笑い芸人さんの養成所です。

……ええ（笑）。わかってます。何もいわないでやってください（笑）。

ちなみに、非常にマイペースですが、現在も、一応ここに通っています。

一八歳の子とコンビ組んで、解散とかしてます。こっちはこっちで、いろいろ大変ですが、少なくとももう少し、向こうの世界を見ようとは思ってます。

さあ、そんなことをしつつ……ようやく歴史が、今年の春まで来ましたね。

テツワンも、徐々に出来上がっていきます。

・二〇〇九年、四月一九日（日）

・あー、しかしほんま最近、本屋にまた本並べたくてめっちゃウズウズする……。でもそれにはちゃんとオモロイ本書かんとなぁ……。

・二〇〇九年、六月一七日（水）

・桜沢さんの彩色ラフ届く。キャラ摑《つか》む手助けになるし、これでブーストかけたい……。

この頃には、絵師さんも、桜沢いづみさんに決定していました。桜沢さん、ナイスな挿《さし》絵《え》、ありがとうございました！　今後とも、よろしくお願いします。また某《ぼう》アイドルさんの凄さについて語り合いましょうね……！

・二〇〇九年、八月一四日（金）

・まだいろいろ問題あるけど、夏休み丸々使ってとりあえず一山越えた……。T木さんに原稿送る……。

・二〇〇九年、九月九日（水）

・一応、やれることはぜんぶやったし、入稿。やっと完成……！　って喜びたいけど、疲れすぎて、喜ぶ余力ない……。

……とまぁ、こういう感じで、一年半がかりの原稿は完成。

で、現在、その本あとがきを書いている段階にいる……。

僕のこの一年半を振り返ると、そういう感じになりますね。

濃《こ》かったのか薄《うす》かったのか……よくわからん一年半でした。

ただ、紆余曲折《うよきょくせつ》あったけど、なんとか本が出せて、今はホッとしています……。これだけ苦労して始めた新シリーズなんで、できるだけ長く書けるようがんばっていきたいです。

ただ、まぁ、いくら僕ががんばっても、読者さんの応援がないとアッサリ終わっちゃうのがこの世界……みなさん、切実に、テツワンよろしくお願いします……！


さて、いってる間に、あとがきページも最後ですね。最後は告知で。

テツワン二巻は、二〇一〇年二月に出る予定です。

前述しましたが、ここから真の意味で物語が始まって、動いて行く感じになると思いますので……二巻以降も、応援、よろしくお願いします！

あと、この本と同じ日に発売される、富士見書房の雑誌『ドラゴンマガジン』に、テツワンの特集企画と、読み切り短編《たんぺん》載《の》ってます。そちらもどうぞよろしくお願いします。

最後に、今年の年明けくらいから、ブログもやってます。《唐突戦記大楽》で検索《けんさく》するか、僕のウィキペディアから行けますので。よかったらどうぞ。

それでは、二巻を出せて、二月にまたみなさんに会えるよう、神様仏様に祈りつつ……

大楽絢太

富士見ファンタジア文庫

テツワンレイダー1

平成21年11月25日　初版発行

著者――大楽絢太《だいらくけんた》

発行者――山下直久

発行所――富士見書房
〒102-8144
東京都千代田区富士見1-12-14
http://www.fujimishobo.co.jp
電話　営業　03(3238)8702
　　　編集　03(3238)8585

印刷所――旭印刷
製本所――本間製本
本書の無断複写・複製・転載を禁じます
落丁乱丁本はおとりかえいたします
定価はカバーに明記してあります
2009 Fujimishobo, Printed in Japan
ISBN978-4-8291-3462-7 C0193

©2009 Kenta Dairaku, Itu″mi Sakurazawa

ファンタジア大賞作品募集中
きみにしか書けない「物語」で、
今までにないドキドキを「読者」へ。
新しい地平の向こうへ挑戦していく、
勇気ある才能をファンタジアは待っています！
[大賞] 300万円
[金賞] 50万円
[銀賞] 30万円
[読者賞] 20万円
[選考委員]
賀東招二・鏡貴也・四季童子
ファンタジア文庫編集長（敬称略）
ファンタジア文庫編集部
ドラゴンマガジン編集部
★専用の表紙&プロフィールシートを富士見書房HP
http://www.fujimishobo.co.jp/から
ダウンロードしてご応募ください。
評価表バック、
始めました!
締め切りは毎年8月31日（当日消印有効）
詳しくはドラゴンマガジン&富士見書房HPをチェック!
「これはゾンビですか？」
第20回受賞 木村心一
イラスト：こぶいち むりりん